BAUM
HAUS

Über die Autorinnen:

Anja Schneider, geb. 1968, studierte Literatur, Theaterwissenschaft, Kunstgeschichte und Schauspiel und war als Regisseurin und Dramaturgin tätig, bevor sie künstlerische Leiterin eines Berliner Kinder-Figurentheaters wurde. Heute arbeitet sie als freie Autorin – am liebsten mit Simone Veenstra zusammen.

Simone Veenstra, geb. 1971, studierte Film, Theater und Literatur und arbeitete u.a. als Regisseurin, Maskenbildnerin, Comicfachfrau, Übersetzerin und Redakteurin für Print und TV, bevor sie sich hauptberuflich dem Schreiben widmete.

Simone Veenstra und Anja Schneider

Ferien, Flirts und Fliederküsse

Mit Illustrationen von
Angelika Ullmann

BAUM
HAUS

BAUMHAUS TASCHENBUCH
Band 1009

1. Auflage: Juni 2012

Vollständige Taschenbuchausgabe
der im Baumhaus Verlag erschienenen Hardcoverausgabe

Baumhaus Taschenbuch und Baumhaus Verlag
in der Bastei Lübbe GmbH & Co. KG

Umschlaggestaltung: Christina Seitz, Berkheim
Innenillustrationen: Angelika Ullmann
Umschlaggestaltung: Christina Seitz, Berkheim
unter Verwendung von Motiven von shutterstock
Satz: Jutta Hohl-Wolf, Hainburg
Gesetzt aus der ITC Stone
Druck und Verarbeitung: GGP Media GmbH, Pößneck
Printed in Germany
ISBN 978-3-8432-1009-6

Sie finden uns im Internet unter
www.baumhaus-verlag.de
Bitte beachten Sie auch www.luebbe.de

Tag 1,
Feriencamp „Bellevue“– heißt so viel wie schöne Aussicht, ist aber schwer gelogen!!

Die Wahrheit ist nämlich:
Aussichten = katastrophal!

So, mein liebes Tagebuch, Du wirst in den nächsten Tagen viel zu leiden haben. Genau wie ich – und das ist ja wohl nur gerecht.
Das hier ist nämlich die absolute, nicht zu toppende Vollpleite! Ich weiß, wir sind gerade erst angekommen, aber: Ich hab's einfach im Gefühl – besser wird es nicht mehr. Hätte ich bloß nicht auf Anne gehört. Oh Mann! Von wegen Sonne, Strand, jede Menge süßer Kerle, ein bisschen Sprache lernen und ansonsten Ferienbespaßung bis zum Abwinken.
Pah! Schön reingefallen. Jetzt sitze ich hier zwei Wochen lang irgendwo in Frankreich fest, in einem Camp, das das absolute Grauen ist:

Holzbaracken, quietschende Etagenbetten und zu allem Überfluss auch noch Küchendienst. Ich seh mich schon Berge von Geschirr schrubben! Und natürlich: kein einziger Typ in Sicht, der auch nur ansatzweise passabel wäre! Nicht zu vergessen: Anne und ich haben ein Vitererzimmer. Zusammen mit Sophie und Mimi. Ausgerechnet.
Sophie gehört zu der Sorte Mädchen, die immer und überall perfekt aussehen: langes, strahlend glattes Haar, Kleidergröße XXS und einen Schrankkoffer voll stylischem Zeugs dabei. Neben der bekommt man ganz automatisch Komplexe und das, obwohl ich mich sonst eigentlich ganz okay finde (inklusive meiner Stupsnase, meiner nicht zu bändigenden Locken und meiner Schlonzklamotten). Mit uns redet die erst gar nicht, vermutlich weil sie so damit beschäftigt ist, sich alle drei Sekunden 'ne neue abgefahrene Frisur zu zauseln.
Und Mimi? Die hat sich schon während der Busfahrt hierher durch den kompletten Vorrat an Taschentüchern geschnieft. Und zwar nicht nur ihren eigenen. Zum Glück hat sich Jérôme erbarmt und sie mit irgendwelchem Film- oder Computergedöns vollgebrabbelt. Da hat sie dann endlich mit der Flennerei aufgehört.

Ihr Glück, sonst hätte ich ihr vermutlich irgendwann aus purer Verzweiflung irgendwas übergebraten! Ich bin ja echt geduldig, aber das!!!
Ob sie auch von ihren Eltern zu dieser Reise gezwungen wurde? So wie Anne und ich?
Na ja, zugegeben, es waren vor allem Annes Eltern, die so 'nen Terz wegen der Zeugnisnoten veranstaltet haben. Meine sind in der Hinsicht echt okay. Das erste Französischjahr war nicht superduper? Na und? Dafür ist mein Englisch ganz passabel und 'ne Drei, die eigentlich 'ne Drei plus ist, ist ja schon fast 'ne Zwei, oder? Hätte ich doch bloß nicht so ein Mitleid mit Anne gehabt. Dann hätte ich auch nicht ohne Nachdenken so einen verfänglichen Satz wie »Ich kann ja mitkommen« von mir gegeben. Ich Kamuffel! (Notiz für die Zukunft: Lieber mal den Schnabel halten.) Aber was bitte hätte ich sonst machen sollen? Ich konnte schließlich nicht einfach dabei zusehen, wie meine beste Freundin Höllenqualen leidet. Oder? Übrigens nicht etwa wegen zwei Wochen Frankreich, oh nein! Wegen zwei Wochen ohne Ronnie.
Ich kann mich gar nicht mehr genau daran erinnern, wie lange das nun schon so geht – Ronnie hier, Ronnie da und: »Ist er nicht

süüüüüüüüüüüß???« Interpretationssache, finde ich. Wie heißt es noch? Liebe macht blind! Stimmt in diesem Fall hundert Pro. Eines ist sicher: Anne und ich haben null und gar nicht den gleichen Jungsgeschmack.
Jedenfalls wollte Anne Ronnie – endlich, endlich – vor den Sommerferien ansprechen. Klar hab ich ihr Mut gemacht und bin mit ihr all die lockeren Sprüche durchgegangen, die sie sich dafür ausgedacht hatte. Schlimmer als der momentane Anne-Zustand – so dachte ich – kann das alles eh nicht mehr werden. Tja, falsch gedacht, liebe Lisa. Und wie. Denn was dann kam, war der reinste Horror: Nach der letzten Schulstunde flitzt Anne also raus auf den Pausenhof, entdeckt Ronnie und marschiert auf ihn zu, ohne nach rechts oder links zu gucken. Ich war echt neidisch. So was traue ich mich nie! Nicht dass mir in der letzten Zeit irgendwer über den Weg gelaufen wäre, den ich hätte ansprechen wollen, aber trotzdem. Jedenfalls: Anne in Höchstgeschwindigkeit Richtung Fahrradständer, wo Ronnie immer seinen Roller parkt, und dann – Vollbremsung. Denn das Letzte, was man von Ronnie sehen konnte, war eine Wolke Auspuffgase.
Und – dass da jemand hinter ihm saß und sich

an ihn ranwanzte. Ein Mädchen natürlich. Und nicht nur irgendein Mädchen, nein, ausgerechnet Bernadette, unsere Schulqueen. Mann, das war ein Schock! Gegen die kann man nämlich nicht anstinken. Ich persönlich kann Ronnie ja nicht viel abgewinnen. Der ist nix weiter als ein aufgeblasener Möchtegern-Coolie. Nur weil er schon in der 10ten ist und Roller fährt und immer so affig die Haare aus dem Gesicht schüttelt, ist der noch lange nicht toll! Genau das habe ich Anne natürlich auch sofort gesagt – sozusagen als Trost. Hat aber nicht viel genutzt.

Anne jedenfalls hat sich die letzten Stunden auf dem Weg hierher nach Frankreich davon überzeugt, dass Ronnie Bernadette nur nach Hause gefahren hat, weil ...
An die tausend mögliche Gründe hat sie gefunden. An keinen einzigen davon kann ich mich erinnern. Vermutlich weil einer absurder war als der andere. Außerdem: ganz egal was sie sich zusammenfantasiert: Bernadette! DAS It-Girl des Bach-Gymnasiums. Vergiss es, Anne. Gegen die hast du keine Chance. Null! Niente!

Ups, muss jetzt aufhören. Gleich beginnt der Kennenlernabend. Na, das wird ein Spaß – bah!!!
Bis später, sagt Lisa.

Tag 1, 23:00 Uhr, mit der Taschenlampe unter der Bettdecke – Manchmal kommt es anders, als man denkt

Aussichten: schon sehr viel besser!

Nun gut, vielleicht hab ich vorhin ein klitzekleines bisschen übertrieben. Vielleicht ist hier nicht alles blöde öde, vielleicht sollte man dem Ganzen noch eine Chance geben. Dann werden die nächsten zwei Wochen womöglich doch noch spannend. Oder sogar mehr als das. Bestimmt nicht wegen Sophie, die Anne und mich noch immer nicht anguckt, oder irgendeinem der anderen französischen Schüler – die von unserer Schule kann man eh in der Pfeife rauchen. Überhaupt: Hallo?! Ich bin immerhin schon 14, was will ich mit den ganzen kleinen Jungs hier im Sprachcamp? Auch wenn der eine oder andere vermutlich ganz nett ist – die sind halt alle miteinander klein. KLEIN. In Großbuchstaben! Heißt es nicht, dass Mädchen eh viel weiter sind als gleichaltrige Jungs? Wir sind eben schneller und fitter und erwachsener, die Schnarchnasen brauchen dafür 'ne Weile. Wenn sie dann ein paar Jahre älter sind – ja, dann passen wir prima zusammen. Anne hat sich immerhin auch in Ronnie verknallt und der ist schon 16. Da ist 17 ja wohl nicht wirklich ein Problem, oder? Oder??

Aber ich presche vor.

Wir saßen heute Abend also zusammen, um uns besser kennenzulernen. Gähn ... Aber dann – tauchte plötzlich ER auf. Dieser Traummann. Ja, genau, Traum*mann*, nicht Junge. Er heißt Pascal und ist Betreuer. Dabei ist er selbst noch gar nicht fertig mit der Schule (wenn auch fast). Anscheinend ist er seit Ewigkeiten hier dabei, und letztes Jahr haben sie ihn dann gefragt, ob er den Segelkurs übernehmen will. Weil er der absolute Segelcrack ist. Segeln wollte ich schon immer mal. Und mit Pascal als Lehrer wird das sicher super. Denn Pascal und ich – das war ... ist ... na, eben total magisch. Fast wie im Film. Mit Zeitlupe und so.

Wir saßen alle um das Lagerfeuer herum – die Würstchen waren lecker und es gab Pappteller – niemand musste abwaschen! Was ein bisschen darüber hinwegtröstete, dass die Betreuer langweilige Reden hielten und wir uns der Reihe

nach vorstellen mussten – Name und Hobbys, warum wir hier sind – und das Ganze auch noch auf Französisch (puh, ich hab immer noch 'ne total verknotete Zunge).
Aber jedes Mal wenn ich über das Feuer guckte, zwischen all dem Funkenflug, konnte ich Pascal sehen. Wie er da ganz lässig im Schneidersitz saß. Und DER ist nun wirklich süß!
Er hat dunkle Haare und graue Augen und ein unglaublich tolles Lächeln. Mit dem lächelte er mich die ganze Zeit an. Ungelogen! Immer wenn ich zu ihm schielte, grinste er gerade rüber. Und als ich endlich dran war mit der Vorstellerei, hat er sich nach vorne gebeugt, wahnsinnig interessiert. Mit dem Ergebnis, dass mir sämtliche Vokabeln aus dem Hirn fielen. *Plumps* – und ich konnte kein einziges Wort Französisch mehr.

Totale Hirnleere. Ausgerechnet jetzt! Ich war kurz vorm Verzweifeln, als es plötzlich neben mir flüsterte: »Je ... m'appelle Lisa.« Jérôme sagte mir tatsächlich vor! Ich wäre vor Überraschung beinahe aus den Latschen gekippt. Wer hätte gedacht, dass der kleine Technikfreak so gut Französisch kann? Und mir auch noch hilft. Ein bisschen peinlich war das ja schon, aber ich glaube, Pascal hat es gar nicht mitgekriegt.

Der hat mich nur angeguckt und hing an meinen Lippen. Also hab ich irgendwas davon gestottert, dass ich gerne besser Französisch sprechen würde, aber gerade erst damit anfange. Und dass ich gerne segeln lernen möchte. Da hat mir Pascal den Daumen hochgehalten. Und währenddessen so umwerfend gelächelt, dass mir ganz kribbelig wurde – nur mit dem Mundwinkel. So wie es immer diese Filmtypen machen, nur dass es bei ihm wirklich gut aussah. Ich glaube, das weiß er nicht mal. Er hat einfach nur gelächelt. In MEINE Richtung.

Klar, dass ich mich nach der Grillerei sofort davonmachte, um mich auf die Segelliste zu setzen. Für den Segelkurs gibt es nämlich eine begrenzte Teilnehmerzahl. Und ich wollte auf keinen Fall riskieren, bei der Theatergruppe

oder den Volleyballern oder – uh, Langeweile hoch zehn – den Naturwanderern zu landen: »Malerisches Frankreich – ein Paradies für Naturliebhaber und Wanderfans« Hallo?! Wie das schon klingt!
Ganz klar, Segeln ist die Devise! Und Anne hab ich gleich mit auf die Liste geschrieben. Zwei Fliegen mit einer Klappe schlagen, heißt das wohl. Anne muss nicht die ganze Zeit über Ronnie nachdenken, sondern kann mit mir über Pascal reden. Während der uns das Segeln beibringt und mich weiterhin so nett anstrahlt. Hoffentlich.
Absurderweise standen außer ein paar französischen Namen bereits Jérôme und Mimi auf der Segelliste. Die beiden hätte ich echt eher woanders vermutet. Aber egal. Hauptsache, ich bin dabei. Erst üben wir ein bisschen an Land, dann segeln wir raus. Jeden Morgen aufs Meer, jeden Abend wieder zurück. Das wird bestimmt spannend. Und Madame Tardi, die neben Pascal die zweite Segelbetreuerin macht, scheint auch supernett zu sein.
Zehn Tage mit Pascal auf 'nem Schiff. Diese Ferien sind absolut vielversprechend! So, jetzt schnell schlafen. Ich bin gespannt, was Pascal so zum Frühstück isst …

JÉRÔMES BLOG: FRANKREICH RANGEZOOMT (1)

Bienvenu zu meiner Blog-Miniserie »Ferien à la français – Französisch für Anfänger«. Wie angekündigt werde ich Euch auf dem Laufenden halten, was in den nächsten zwölf Tagen Spannendes passiert, während ich mich mit einigen meiner Mitschüler und genauso vielen französischen Schülern wie wild amüsieren werde. ;o)
Heute zum Beispiel konnte ich bereits eine lebenslange Freundschaft schließen – im Bus auf der Fahrt hierher. Ich habe nämlich Mimi, die eine Klasse unter mir ist, vom Dehydrieren abgehalten. Tja, da staunt ihr, was? Den Begriff hab ich extra für euch nachgeschlagen. Er bedeutet Austrocknung. Und Mimi wäre sicherlich voll und ganz eingeschrumpelt wie ein alter Apfel, wenn irgendwer sie nicht vom Dauerweinen abgehalten hätte. Und dieser Jemand war ich. Sozusagen ihr Retter in der Not.

Denn Mimi hatte ausgerechnet mich zu ihrem Sitznachbarn auserkoren.
Wie der Zufall es will, ist Mimi ein absoluter Film- und Fernsehjunkie. Sie wusste sogar, dass ich diesen Filmwettbewerb gewonnen habe, hat es irgendwo aufgeschnappt. Und jetzt hält sie mich für den nächsten Fernsehstar – hinter der Kamera wohl gemerkt. Tja, wer weiß ... ;o)
Ich hab ihr dann meine Digitalkamera und den Laptop mit dem Schnittprogramm erklärt und – schwupp – war's vorbei mit Heulen.
Während Mimi und ich uns über Schnitte und Nahaufnahmen und diverse Serien unterhalten haben, ging hinter uns ein ganz anderes filmreifes Drama ab. Meiner ach so tollen großen Schwester Bernadette ist es offensichtlich mal wieder gelungen, ein Herz zu brechen. Kurz vor den Ferien hat sie sich einen neuen Freund geangelt, der anscheinend sehr gefragt ist – irgend so einen Angeber mit Vespa. Schnarch. Ein weiterer Beweis dafür, dass man Mädels nur mit Technik beeindrucken kann, die schnell fährt und ordentlich stinkt.
Hinter mir und Mimi saßen also Lisa aus meiner Parallelklasse und Anna (oder Anne?), Lisas beste Freundin. Und eine von beiden hatte sich anscheinend Hoffnungen auf den Neuen meiner

Schwester gemacht (wer von beiden konnte ich nicht gleich ausmachen). Eine Schrecksekunde lang schien es, als würde jetzt auch noch hinter mir das heulende Elend losbrechen, jedenfalls schniefte es verdächtig. Ich dachte schon: Glückwunsch, Alter, zwei Wochen voller flennender Mädchen. Aber es blieb bei einem Aufschnupfer (uff!). Dann ging es »Ronnie« hier und »Ronnie« da. Viel mehr konnte ich nicht verstehen, denn sobald die interessanten Details über Jungs ausgepackt werden, stecken Mädels ja immer ihre Köpfe zusammen und beginnen, in Geheimsprache zu flüstern. Blöd. So eine Gelegenheit zu erfahren, worauf Mädels Wert legen, bekommt man ja sonst nie. Als ich mich schließlich vorsichtig umdrehte, um mehr zu hören, hat mich Lisa derart bedröppelt angestarrt, dass klar war: Sie ist diejenige, die Liebesfrust schiebt. Mädchen sind schon komisch. Ich meine, Lisa ist eigentlich echt fit, soweit ich das von unseren gemeinsamen Kursen sagen kann. Aber offensichtlich haben Verstand und Herz keinerlei Verbindung bei Mädchen. Ob das bei uns auch so ist? Nee, ne?

Na ja, Mimi dagegen hatte echten Kummer. Ihre beste Freundin ist nämlich nach Montréal in Kanada gezogen. Das ist wirklich nicht gerade um die Ecke, und jetzt will Mimi schnell Französisch lernen, um dort für ein Austauschjahr zur Schule zu gehen.

Unser Feriencamp hier ist übrigens echt köfte, wie mein Blogfreund Steve immer so schön formuliert. Es liegt hinter ein paar Dünen in einem Pinienwald, nur einige hundert Meter vom Meer entfernt. Schwimmen, paddeln und – jetzt kommt's – segeln (!) inklusive. Die Hütten sind zwar ein bisschen marode, aber wer will schon drinnen sein, wenn's draußen zwei Kicker gibt, man grillen kann, Volleyball und Tischtennis spielen. Wir dürfen sogar mitentscheiden, was es zu futtern gibt. Dafür spüle ich auch gerne mal ein paar Pfannen ab, zumal die Köchin genauso rund wie witzig ist.
Die Betreuer haben dafür gesorgt, dass in jedem Zimmer sowohl deutsche als auch französische Schüler sind. Klar, dass die Franzosen mich immer sofort auf Französisch vollquaken, sobald sie meinen Namen hören. Ich sag nur: Danke, Mama! Danke, Papa! Hätten die mich nicht einfach Stefan oder Paul nennen können?
So, das war's für heute. Morgen wird's übrigens spannend, denn ich mache bei einem Segelkurs mit. Ja, richtig gehört: Ich allein auf dem Atlantik.

Na ja, fast allein. Außer mir gibt's noch eine Horde von Mädels – und den »Segellehrer«. Pascal ist siebzehn und beim Segeln macht dem so schnell niemand was vor.
Wenn er wenigstens – so zur ausgleichenden Gerechtigkeit – hässlich wäre (nur ein bisschen). Aber nein, genau der Typ, bei dem die Mädels große Augen kriegen. Braun gebrannt, durchtrainiert und ein Grinsen, das rund 99% der weiblichen Campbewohner dahinschmelzen lässt (inklusive sämtlicher Betreuerinnen unter 60). Und das weiß er ganz genau. Diese »Schaut mich an, bin ich nicht lecker?«-Typen hab ich echt gefressen! Berge von Muckis, aber nix im Hirn. Hey, das könnt ihr mir glauben, ich bin da Fachmann! Schließlich hab ich nicht nur eine oberflächliche große Schwester, die dauernd solche Kerle anschleppt, sondern auch 'n Jahresabo im Fitnessstudio (ich kann nichts dafür, hab ich geschenkt bekommen). Ihr solltet mal die Jungs hören, die mit mir Gewichte drücken. Keinen geraden Satz kriegen die raus. Da geh ich doch lieber schwimmen. Selbst stumpfsinnig Bahnen ziehen ist da unterhaltsamer. Und hier im Meer erst!
Apropos Meer.
Bald geht es aufs Wasser. Da nehme ich auf jeden Fall meine Kamera mit. Fünf Mädels, zwei

Betreuer und meine Wenigkeit auf einer schwimmenden Nussschale – das sind ja wohl die besten Voraussetzungen für echte Dramen und Komödien. Und die müssen festgehalten werden. Morgen mehr, Euer Jérôme

Tag 2,
Segeln ist mein neuer Lieblingssport!

Aussichten: ein Paar graue Augen, in denen man versinken möchte, und ein Lächeln, das die Schmetterlinge in meinem Bauch Polka tanzen lässt ... Noch Fragen?

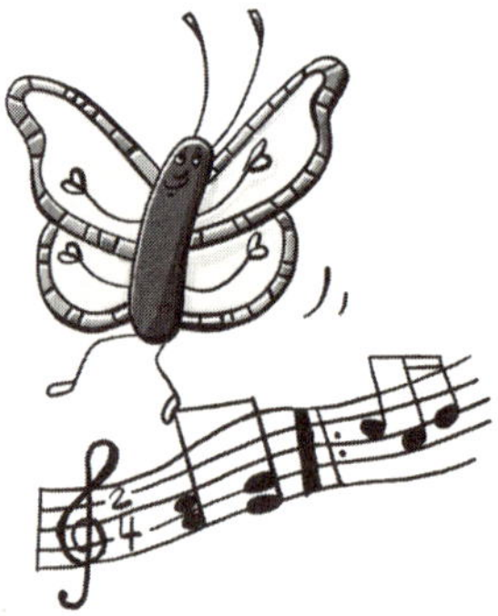

Morgen geht es endlich raus aufs Meer! Jippieh!! Das wird so toll!
Ich habe heute schon unglaublich viel gelernt. Kein Wunder, bei dem Lehrer! Pascal wird einfach nie ungeduldig, wenn man nicht sofort schnallt, wo Luv und Lee sind.
Er spricht sogar Deutsch. Und zwar gar nicht schlecht. Schließlich macht er ja auch bald sein Abi, oder wie das hier auch immer heißt.
Ab und zu sucht er nach einem Wort und guckt dann immer so süß angestrengt in mein Gesicht, als läge die Vokabel irgendwo zwischen meiner

Nase und meinem Mund oder in meiner Halsbeuge und würde nur darauf warten, dass er sie dort herunterpflückt. Ob mein Akzent genauso zauberhaft ist wie seiner, wenn ich die wenigen Vokabeln rauskrame, die ich schon gelernt habe? Vielleicht, denn Pascal lächelt immer so intensiv, wenn ich es versuche. Dann bekommt er jedes Mal dieses kleine Grübchen auf der rechten Wange – und ich weiche Knie.
Luigi, Signor Prestofillippos Neffe, hatte auch welche. Grübchen, meine ich. Vorletztes Jahr hat der in der Eisdiele seines Onkels ausgeholfen. Oh Mann, ich habe noch nie so viel Eis in einem Sommer gefuttert. Ich habe mich quasi ausschließlich von Eis ernährt. Nur verabredet haben wir uns nie. Ich hab mich nicht getraut, ihn anzusprechen. Und nach den Ferien ist er wieder zurück nach Italien.
Anne hat mir das doch tatsächlich um die Ohren gehauen. Am letzten Schultag. Als sie meinte, Ronnie wäre alles andere als ein Idiot, ich wüsste nicht, wovon ich redete, und überhaupt hätte ich keine Ahnung. Weil ich mit Luigi ja nie mehr Worte gewechselt hätte als: »Eine Kugel Erdbeer und eine Schokolade.« – »Hier bitte, macht 1,20.« – »Danke schön.« Ich finde, das stimmt so nicht ganz. Am Freitag

haben wir uns nämlich immer ein schönes Wochenende gewünscht. Und ich habe gesagt, wie lecker doch das Schokoeis ist, und dann hat er so erfreut gegrinst, als hätte er es selbst gemacht ... Aber ich schweife ab!
Anne stand natürlich ziemlich unter Schock, als sie mir das vorgehalten hat. Das muss man als beste Freundin dann schon mal abkönnen. Na, und das mit Pascal ist schließlich auch etwas ganz anderes. Pascal kenne ich jetzt ja schon ein bisschen. Und jeden Tag ein bisschen mehr. Und so wie er mich anguckt – aber hallo!
Nur schade, dass nicht ein paar mehr Jungs im Segelkurs sind. Computerfuzzi Jérôme ist der einzige und der zählt nicht. Ich meine, der ist doch nur mit seinem Laptop oder der Kamera beschäftigt. Und kommt zu nix. Was will der auf einem Schiff?
Eben.
Kein Wunder, dass alle Mädels nur Pascal anhimmeln. Ein bisschen unpraktisch ist das schon. Aber trotzdem: Sophie und Françoise können sich ins Zeug legen, wie sie wollen. Pascal und ich – wir sind füreinander bestimmt! Das weiß ich einfach.

JÉRÔMES BLOG: FRANKREICH RANGEZOOMT (2) – DAS SCHWIMMENDE EXPERIMENT

Guten Morgen. Um gleich Eure wichtigste Frage zu beantworten: Nein, noch hat sich niemand übergeben! Das ist auch kein Wunder, denn erst heute geht es rauf aufs Boot und raus aufs Wasser. Gestern haben wir brav unsere Trockenübungen gemacht. Im Klartext heißt das: Pascal hat sämtlichen anwesenden Mädels EINZELN beigebracht, was der Unterschied zwischen Luv und Lee ist. Und dass, wenn jemandem schlecht wird, er tunlichst auf der Leeseite – Ihr wisst schon was – tun soll. Denn bei Luv kommt alles postwendend wieder zurück. Keine Ahnung, warum die gesamte Frauenwelt DAS romantisch findet. Außer Mimi vielleicht. Der sind Jungs ziemlich egal. Gott sei Dank, wenigstens eine Normale in diesem Hühnerhaufen.

Mimi hat auch versprochen, mir zu helfen, denn ich habe einen Auftrag – ganz offiziell. Alle Gruppen machen nämlich irgendwas, um es am Ende des Sprachcamps vorzuführen. Die einen produzieren ein Theaterstück, die anderen einen Song und die dritten einen Vortrag über die Tierwelt hier in der Umgebung – damit reißt man sicherlich Mädchenherzen, was?? ;o) Und ich? Ich mache eine Doku über unseren Segelworkshop. Gestern war ich schon ein bisschen an der Crew dran, heute interviewe ich Madame Tardi. Und am Schluss schneide ich einen hübschen kleinen Film, der dann per Beamer richtig schön vergrößert und auf Leinwand geworfen wird. Ist das nicht großartig? Ich hab noch nie einen Dokumentarfilm gedreht. So, jetzt muss ich los, frühstücken, damit ich was im Magen habe, wenn wir raussegeln. »Au revoir«, wie der Franzose sagt. Jérôme

Tag 3,
Eine tolle Überraschung

Aussichten: rosarot!

Ich bin im siebten Himmel! Warum eigentlich siebter? Ob die Franzosen auch so einen Ausdruck haben? »Septième ciel« oder so was? Zugegeben, ich hab grad im Lexikon nachgeschlagen ... Wie auch immer: Pascal und ich sind für heute Abend verabredet. Nur wir beide, niemand sonst. Ein echtes Date! Schon wenn ich daran denke, fährt mein Magen Achterbahn. Und wenn ich jetzt schon vor lauter Vorfreude im siebten Himmel bin, was passiert dann erst heute Abend? Der neunte? Oder der zehnte? Ich glaube jedenfalls nicht, dass es da irgendwo eine Obergrenze gibt. Pascal und ich ... das ist sozusagen nach oben hin offen.

Obwohl der heutige Tag erst mal nicht derart vielversprechend begann. Beim Frühstück war ich nämlich noch furchtbar aufgeregt und völlig durch den Wind. Immerhin mein erster

Tag auf See! Und man hört ja so einiges ... Wie zum Beispiel diese eklige Geschichte, die Sophie unbedingt loswerden musste. Letztes Jahr beim Segelkurs war nämlich ein Mädchen dabei, das den Seegang nicht vertragen hat. Und zwar dermaßen gar und überhaupt nicht, dass das Boot wegen ihr nach nur zwei Stunden wieder anlegen musste. Weil sie nicht mehr aufgehört hat zu kotzen. Uhhh!!! Man stelle sich das nur mal vor – wäre mir das passiert, ich hätte schnurstracks die Heimfahrt gebucht. Das ist ja wohl oberpeinlich!

Aber zum Glück war nicht ich es, die heute beim Segeln über der Reling hing. Nein, ich hab das ganze Geschaukel ganz einfach weggesteckt und überhaupt eine ziemlich gute Figur abgegeben. Nicht nur Madame Tardi war ganz begeistert von mir, sondern auch Pascal.
Ich habe letzte Nacht nämlich noch komplett die Segelanleitung durchgeackert, die wir kopiert bekommen haben. Ich dachte mir, es kann ja nicht schaden, gut vorbereitet zu sein – aufs Segeln UND auf Pascal. Dementsprechend wusste ich heute einfach alles. Und stand ganz oft am Ruder mit Pascal, der die anderen rumgescheucht hat. Die mussten Segel justieren und von einer Seite zur anderen flitzen. Ich dagegen habe mich richtig gut mit ihm unterhalten, über stürmische See und warum er mit dem Segeln angefangen hat. Da ist er plötzlich ganz ernst geworden. Total traurig sah er aus. Auch wenn er versucht hat zu lächeln, ich habe es genau gesehen! An seinen Augen nämlich, die waren auf einmal ganz dunkel. Wie bei einem Sturm. Und dann hat er gemeint, er habe einen sehr privaten Grund dafür gehabt. Über den habe er noch nie mit jemandem gesprochen, aber bei mir fühle er sich irgendwie sicher …
»Wenn du Vergnügen 'ast, treffen wir uns.

'eute Abend?«, hat er mit seinem süßen Akzent gesagt. »Dann erzähle ich dir alles.« Ob ich daran Vergnügen hätte – ha! Da konnte ich doch gar nicht anders, als Ja zu sagen. Oder? Also steht jetzt unser erstes Date an. DATE!
So gegen neun auf dem Hügel, wo die Fliederbüsche blühen. Von da oben hat man wohl einen irrsinnig tollen Blick. Und den will er mir zeigen. Und da heißt es immer, Jungs seien nicht romantisch. Von wegen!
Ich bin total aufgeregt. Wenn mein Herz weiter solche Purzelbäume schlägt, krieg ich echt Angst, dass es aussetzt, bevor ich's auf den Hügel schaffe.
Nur noch eine halbe Stunde! Ich hab mir die dunkle Jeans und den blauen Kapuzenpulli angezogen. Denn dann können wir dort sitzen bleiben, solange wir wollen, ohne dass uns jemand sieht – oder mir kalt wird. Ich weiß nämlich genau, wenn wir erst mal angefangen haben, uns zu unterhalten, werden wir sicher nicht mehr so schnell damit aufhören können. Ich hab so viele Fragen, will so viel über ihn wissen.
Ein bisschen schade daran ist allerdings, dass ich Anne nichts von Pascal erzählen kann. Dabei hatte ich mich so darauf gefreut. Wie toll

er ist und wie außergewöhnlich und wie total aufregend diese Verabredung mit ihm. Aber als ich nur seinen Namen erwähnte, reagierte Anne total komisch. Anstatt sich einfach für mich mitzufreuen ... Na ja, vielleicht ist das auch ein bisschen viel verlangt? Ich strahl wie ein Honigkuchenpferd vor Glück und sie? Immerhin hat sie liebestechnisch gerade einen ziemlichen Dämpfer verpasst bekommen.
Da würde es mir auch miesgehen.
Und dass Bernadettes Bruder mit uns hier im Camp ist, macht die ganze Sache wahrscheinlich auch nicht einfacher. Obwohl Jérôme eigentlich überhaupt nicht über seine Schwester spricht. Dazu hängt der viel zu oft hinter seiner Kamera – anscheinend macht er einen Film über den Segelkurs. Ha!
Dann kann er vielleicht ab morgen gleich 'ne Lovestory mit dickem Happyend einplanen ...

JÉRÔMES BLOG: FRANKREICH RANGEZOOMT (3) – PASCAL IN NAHAUFNAHME

Ja, ich weiß, ich hatte heute eigentlich Madame Tardi auf dem Programm. Aber irgendwie bin ich dann doch bei Pascal gelandet. Ihr hättet mal sehen müssen, wie die ganzen Mädels ihn mit ihren Augen verschlungen haben. Wenn Blicke töten könnten, wäre Lisa heute mehr als einmal über Bord gegangen!

Lisa kennt sich nämlich wirklich aus. Mit Windstärken und Segelsetzen etc. pp. Deswegen stand sie heute während der gesamten Fahrt zusammen mit dem »Bin ich nicht toll«-Segelmeister Pascal am Ruder. Was den meisten anderen gar nicht geschmeckt hat. Françoise und Sophie haben derart viel gelästert, dass ich zwar nur die Hälfte verstanden habe – aber zusammenreimen konnte ich mir trotzdem, was die an Gemeinheiten losließen. Sogar Anne hat hin und wieder zu ihren Tiraden genickt. Ich habe keine Ahnung, was da gerade bei den Mädels abgeht, aber

abgesehen von Mimi redet ja auch keine von denen mit mir.
Übrigens, um Steves Frage von gestern zu beantworten: Ich bin für Mimi nur so was wie ein großer Bruder.
Ja, ich weiß, das ist nichts Neues (aber in dem Fall total okay). Ich hab irgendwie das Große-Bruder-Gen erwischt. Wenn mich die holde Weiblichkeit überhaupt wahrnimmt, dann um sich bei mir auszuweinen – weil ich der tollste Kumpel der Welt bin. Tja, das wird wohl für immer mein

Schicksal bleiben, und wenn sich was dran ändern sollte, lass ich euch natürlich wissen, wie ich das hingekriegt habe. Oder auch nicht! :oP
Man muss schließlich nicht all seine Geheimnisse teilen.
Mimi und ich haben also gefilmt, und die ganze Zeit hab ich mich gefragt, was Lisa da eigentlich mit Pascal beratscht. Das hörte nämlich überhaupt nicht mehr auf. Also haben wir uns gleich nach dem Abendessen Pascal geschnappt und ihn interviewt. Übers Segeln und darüber, wie es ist, als Betreuer zu arbeiten, aber erst 17 zu sein und so weiter.
Mensch, ihr hättet Mimi sehen sollen! Je länger Pascal redete, desto grummeliger wurde sie. Ich hab noch nie jemanden gesehen, der so abfällig gucken kann. Sie hat ihn gemustert, als wäre er ein Stinktier. Und kaum war Pascal weg, stänkerte sie auch schon los: Was für ein eingebildeter Schnösel der doch sei. Er hätte sich die ganze Zeit nur selbst beweihräuchert. Wie cool Segeln sei – wenn man es könne, und natürlich sei niemand so gut darin wie er … Bla, bla, bla.
Und voll Panne fand Mimi, als er sich mit einem »total affigen« Grinsen zu mir rüberbeugte und mir erklärte, dass die »jeunes filles« (also die Mädels) voll auf Segler abfahren, ich also mit

dem Üben gleich mal anfangen solle. Ich glaube, in diesem Moment wäre Mimi ihm am liebsten an die Gurgel gesprungen. Da hielt ich es für besser, das Interview Interview sein zu lassen – schließlich wollte ich vermeiden, dass es während der Dreharbeiten Tote oder Verletzte gab. ;o)
Ganz sicher bin ich mir allerdings nicht, ob Mimi ihn wirklich nicht leiden kann oder ob es sie einfach kratzt, dass sie das einzige Mädchen ist, das von Pascal keines Blickes gewürdigt wird.
Ich persönlich glaube ja, es gibt drei Arten von Menschen. Die, die plötzlich keinen geraden Satz mehr rauskriegen, wenn sie vor einer Kamera stehen, die, die ganz natürlich damit umgehen, und solche wie Pascal. Die plustern sich dann halt gleich dreifach auf.
Was habe ich heute also gelernt? Ich sollte professionell segeln lernen – damit kriegt man die Mädels rum.
Und – ja, lieber Steve, es musste sich heute jemand übergeben. Nur konnte ich leider nicht die Kamera draufhalten, denn derjenige war ich.
Schlaft gut, lacht nur über mich – aber erstickt nicht dran, wir lesen uns morgen! Jérôme

Tag 3, ziemlich spät unter der Bettdecke – Alles ist perfekt, aber auch ein bisschen komisch

Aussichten: süße Träume ...

Wo soll ich nur anfangen? Die letzten Stunden waren einfach – Wahnsinn! Also starte ich wohl am besten mit dem Wichtigsten: Ich habe einen Freund. Einen echten, süßen, unglaublichen Freund. Einen, der mich hübsch findet und meine Hand hält und mir Dinge anvertraut. Einen, für den ich eine absolute Ausnahme bin. Etwas, das er sich nicht mal zu hoffen gewagt hat. Ja, genau das hat er mir gesagt!
Zuerst wurde mir ja ein bisschen flau. Ich habe mich vor dem Abendessen davongeschlichen und bin den Hügel hinaufgerannt. Oben angekommen: kein Pascal. Dabei hatte ich extra darauf geachtet, dass ich nicht genau auf die Minute ankam. Das hat Oma mir eingeschärft –

und die muss es wissen, denn sie war echt heiß begehrt, früher, als sie jung war. Wenn man nämlich zu früh oder superpünktlich irgendwo erscheint, sieht das immer so aus, als wäre man leicht zu haben. Als hätte man sonst nichts Wichtiges zu tun. Also kam ich mit fünf Minuten Verspätung an.
Und stand erst mal alleine rum. Na toll!
Auch wenn das anfangs gar nicht so schlimm war, weil man von dort einen Superblick hat. Ich konnte einige der anderen im Camp beim Tischtennisspielen sehen. Und das Meer lag ganz glatt da – kein Windchen wehte – und glitzerte toll. Der Flieder roch wie im Garten von Oma und Opa, an meinem Lieblingsplatz. Im Sommer, wenn wir sie besuchen, verziehe ich mich immer unter die Büsche, schnuppere und träume ein bisschen vor mich hin. Genauso hab ich das heute auch gemacht. Mich unter die Äste gelegt, tief eingeatmet und an Pascal gedacht. Worüber wir uns wohl unterhalten werden. Und ob er mir gestehen wird, dass er die ganze letzte Zeit nur an mich denken konnte – so wie ich ständig nur ihn in meinem Kopf herumschleppe. Und in meinem Herzen. Zugegeben. Denn das klopft jedes Mal wie wild, wenn ich auch nur *glaube*, ihn irgendwo zu sehen.

Ich hab die Augen geschlossen und mich ins Gras gelegt. Mir vorgestellt, er würde jetzt den Hügel hinaufkommen, mich so daliegen sehen – wie Dornröschen sozusagen – und mich vielleicht »wachküssen«.
Aber Pustekuchen!
Denn als ich die Augen wieder aufmachte, war es schon beinahe dunkel und immer noch kein Pascal in Sicht. Langsam wurde ich echt ungeduldig. Trotzdem hab ich die ganze Zeit natürlich gewusst, dass er mich niemals versetzen würde! Nicht Pascal! Vielleicht war was passiert? Ein Notfall oder so ... Aber gerade als ich nachgucken gehen wollte, sah ich ihn den kleinen Trampelpfad hochsteigen. Richtig schnell und eilig. Also hab ich mich wieder zurückgelegt und die Augen geschlossen. So getan, als wäre ich ganz easy am Chillen, wie Bernadette immer sagt, wenn sie blöde durch die Gegend guckt.
Pascal hat sich neben mich fallen lassen und sich tausendmal entschuldigt. Ganz atemlos war er, so sehr hat er sich beeilt, zu mir zu kommen. Offensichtlich hat Jérôme ihn derart lange mit seiner dummen Interviewerei aufgehalten, dass er nicht loskam, ohne Verdacht zu erregen.
Aber letztendlich hat er es dann ja doch noch geschafft. Hat Jérôme einfach erklärt, er hätte

noch etwas unglaublich Wichtiges vor. Wie konnte ich da noch böse oder enttäuscht sein? Immerhin war ICH das unglaublich Wichtige. Ha!

Und als er da erst mal neben mir saß – da war alles so, wie es sein sollte. Wir haben uns unglaublich lange unterhalten. Und – ich hatte recht. Pascal *hat* traurig geguckt heute Mittag und jetzt weiß ich auch warum. Er ist nämlich hier am Meer aufgewachsen. Seine Eltern waren beide ganz tolle Segler, seine Mutter hat sogar mal bei irgendwelchen Regatten gewonnen. Aber dann ist etwas sehr Tragisches passiert. Eines Tages – Pascal war gerade mal zehn – ist seine Mutter alleine weggesegelt und nicht mehr nach Hause gekommen. Das Boot wurde eine Woche später kilometerweit weg an die Küste gespült. Von Pascals Mutter keine Spur. Ich bekomme immer noch eine Gänsehaut, wenn ich an seinen Blick denke, als er mir das erzählt hat. Da hab ich einfach meine Hand auf seine gelegt, und er hat sie genommen, seine Finger zwischen meine geflochten und sie festgehalten, als wollte er mich nie mehr loslassen. Muss er von mir aus auch gar nicht. Wenn ich ihn nur wieder ein bisschen glücklich machen kann. Ich meine, vielleicht ist das ja ein Zeichen, dass wir uns hier

treffen. Jedenfalls war er völlig hin und weg, dass er so gut mit mir reden kann. Weil er darüber noch nie mit jemandem geredet hat! Das muss man sich mal vorstellen, die ganze Zeit hat er das mit sich rumgeschleppt!
Ich hätte nie gedacht, dass ein Junge so sein kann – so sensibel und so romantisch noch dazu. In diesem Moment hat er mich nämlich hochgezogen, sich hinter mich gestellt und in den Himmel gezeigt. Irgendwas mit dem Großen Bären – oder dem Kleinen? Ich weiß es nicht

mehr. Egal, mit meiner Konzentration war's auf jeden Fall aus und vorbei. Pascal hatte seine Arme um mich geschlungen, mein Kopf lag an seiner Schulter, ich konnte sogar sein Herz schlagen hören. Und dann ... na ja, dann hat er mich auf die Wange geküsst. Und auf den rechten Mundwinkel.
Und während ich da so hochgestarrt habe, in den Himmel, fiel tatsächlich auch noch eine Sternschnuppe. Und da wusste ich ganz sicher: Pascal ist es einfach. Er ist meine Sternschnuppe. Und ich möchte seine sein.

Tag 4, morgens: Moment mal!

Aussichten: gewittrig.

Denn ganz ehrlich – das geht wirklich gar nicht! Da haben Pascal und ich noch vor ein paar Stunden in den Himmel geschaut und uns in die Augen. Hey, er hat mich geküsst, und das nicht zu knapp, und jetzt das!!!

Ich meine, nach so einem Abend ist ja wohl klar: Wir gehören zusammen. Holla, ich will gefälligst neidisch angeguckt werden von den anderen, immerhin bin ich es, die Pascals Herz erobert hat. Das dürfen von mir aus sämtliche Französinnen und Nicht-Französinnen wissen, egal wie alt sie sind! Aber nein, daraus wird nichts. Weil es da ein, zwei »problèmes« gibt. Phh!

Dabei hatte ich mich doch schon so auf die Gesichter beim Frühstück gefreut. Ich hätte zwei Schalen Café au Lait besorgt, Pascal wäre dazugekommen, hätte mir einen kleinen Kuss aufgedrückt, sich neben mich gesetzt und

meine Hand genommen. Dann hätten alle gleich Bescheid gewusst. Dass er und ich ... ich und er ...
Aber nix da. Stattdessen hat mich Pascal heute ganz früh abgefangen und mir erklärt, wir dürften nicht »offiziell zusammen sein«. Denn erstens gibt es da diese völlig dämliche Regel, dass die Betreuer nix mit den Schülern anfangen dürfen. Also bitte! Pascal ist ja wohl kein typischer Betreuer und ich nicht wirklich seine Schülerin. Wie das schon klingt! Ganz falsch! Er ist doch selber noch ein Schüler und bringt uns bloß das Segeln bei.
Und als wäre das nicht schon schlimm genug, gibt's da noch ein anderes »kleines« Problem. Und das heißt Tardi und ist gar nicht sooo klein. Anscheinend – das hat mir Pascal auch erst erzählt, als ich ihn richtig ausgequetscht habe – hat die Tardi 'ne Vorliebe für ihn. Sie ist wohl schon die ganze Zeit hinter ihm her und hat so komische Bemerkungen gemacht, dass sie sich mit ihm treffen will und so. Die ist doch mindestens zehn Jahre älter als er!!! Und wenn man's genau nimmt, sind die beiden viel mehr wie Schüler und Lehrer als Pascal und ich.
Und warum gilt da diese dämliche Regel nicht? Weil sie das Sagen hat, oder was? Nur weil die

Schrapnelle ein Auge auf meinen Pascal geworfen hat, darf ich morgens nicht mit ihm frühstücken, mittags nicht mit ihm Händchen halten und ganz und gar nicht offiziell seine Freundin sein, obwohl ich es bin? Grrrr!!!

Pascal nimmt das Ganze ziemlich mit. Auf der einen Seite würde er so gerne vor allen anderen zu mir stehen, auf der anderen hat er natürlich Angst, was dann passiert. Vielleicht darf er dann nächstes Jahr nicht mehr hier arbeiten. Und dabei brauchen sein Vater und er jeden Cent, seit seine Mutter weg ist. Das ist wirklich total bescheuert. Dafür würde ich die Tardi am liebsten ins Wasser schubsen oder Schlimmeres. Aber ich muss ja so tun, als ob nichts wäre. Seufz.

Noch nicht mal Anne darf ich einweihen. Zum Glück hat sie gestern Nacht schon geschlafen, als ich wiederkam. Aber eben wollte sie natürlich wissen, wo ich eigentlich so lange war. Nichts hätte ich lieber gemacht, als ihr von meinem Abend mit Pascal zu erzählen.

Irgendwie klopft dieses ganze Glück lautstark in mir herum und möchte so gerne hinaus. Eigentlich ein Wunder, dass es niemand hört.

Aber Pascal hat wohl recht mit seiner Vorsicht. Denn als ich nur eine klitzekleine Andeutung machte und erwähnte, dass ich ganz zufällig Pascal über den Weg gelaufen war und wir uns kurz und absolut harmlos unterhalten hätten, guckte Anne ganz komisch. Also bin ich schnell zurückgerudert. Hab behauptet, dass ich den Rest des Abends allein umhergestreift bin. Ich weiß echt nicht, was mit Anne los ist. Ob sie womöglich trotzdem neidisch auf mich ist? Nur weil sie glaubt, dass ich fünf Minuten mit Pascal alleine war? Oder ahnt sie was? Vielleicht sieht sie es mir an? Weil ich grinsen muss wie ein Marzipanäffchen, wenn ich nur an Pascal denke ... Aber dann sollte sie mir das bisschen große Glück doch einfach gönnen, oder? Anne ist schließlich meine beste Freundin. Sie sollte wissen wollen, was los ist, jedes einzelne Detail aus mir rausquetschen und sich mit mir freuen. So gehört sich das! Außerdem – ich würde das so gerne mit ihr teilen ... Ach Menno! Das ist für meinen Geschmack ein wenig zu verzwickt. Aber Pascal zuliebe behalte ich alles für mich und schreibe es nur auf.
Hmm! Vielleicht sollte ich vorsichtshalber nicht nur die Tardi, sondern auch Anne im Auge behalten! Nur so zur Sicherheit ...

JÉRÔMES BLOG: FRANKREICH RANGEZOOMT (4) – JUNGS UND JUNGS

Hey allerseits! Ich habe, glaube ich, noch nie ein derart volles Gästebuch gehabt wie gestern Abend!!! Vielen Dank für alle Eure dummen Sprüche über mein zeitweises Unwohlsein.
@Steve: Danke der Nachfrage, es geht mir wieder gut. Vermutlich bin ich eher der Typ für festen Boden, und ich werde heute, bevor ich mich dem zweiten Tag auf See und meiner Dokumentation stelle, vor allem eines nicht tun: Rührei essen. Glaubt mir, es sieht nicht gut aus, wenn es wieder rauskommt!
Damit allerdings ist diesem Thema genug Zeit und Platz gewidmet und ich kann die anderen Fragen beantworten.
@Matze: Glaub mir, Mimi ist echt super, und hätte ich eine kleine Schwester, ich wünschte sehr, die wäre wie sie! Diesmal beruhen die geschwisterlichen Gefühle nämlich mal auf Gegenseitigkeit.
Noch mal @Steve: Du liegst ganz und gar falsch

und Mimi hatte vollkommen recht: Pascal ist ein Schleimer. Und das sage ich nicht, weil ich – ja, ich gebe es zu – ein bisschen neidisch darauf bin, wie locker er mit den Mädels umgeht.
Tatsache ist: Ich hab ihn beim Knutschen erwischt. Und nicht nur ich, sondern Mimi und meine Kamera gleich mit. Der verliert echt keine Zeit! Ihr ahnt nicht, was er da für eine absolut tragisch-romantische Breitseite abgezogen hat. Amüsanterweise muss man wohl dazusagen, dass Mimi und ich gerade auf dem Weg waren, um ein paar Außendrehs zu machen. Sozusagen Atmosphäre einfangen, die wir später in unsere fertige Dokumentation schneiden können.
Wir also querfeldein, hier den Sonnenuntergang, dort ein bisschen Sternenglitzern auf dem Meer ... und während wir mit dem Stativ auf der Jagd nach Naturaufnahmen waren, schiebt sich plötzlich Pascal dazwischen. In einem Superabstand für mein Richtmikrofon und außerdem nicht alleine.
Und was für ein Gesülze der von sich gab: die höchst tragische Geschichte seiner Jugend. Uff. Wenn sie tatsächlich stimmt, hat der Junge sicher an der einen oder anderen Erinnerung zu knapsen! Wenn! Denn für mein Gefühl ging er ein wenig zu schnell über zu den aktuellen Stern-

bildern, zeigte auf den Himmel, ließ einen Arm langsam über die Schultern seiner Begleiterin wandern und setzte letztlich perfekt positionierte kleine Küsse. Eine filmreife Szene à la Hollywood. Würg!
Wäre ich nur ein klitzeklein wenig so drauf wie er: Bestimmt könnte ich viel von ihm lernen. Aber glauben tu ich ihm kein einziges Wort.
Das Ende seiner romantischen Vorstellung haben Mimi und ich uns dann auch gespart und sind heimlich im Rückwärtsgang davongeschlichen.
Mimi hat sich echt geschüttelt. Als ich sie fragte, was los sei, sagte sie nur: »Bäh, widerlich! Und dann auch noch Knutschen!«
Ich verstand sofort, was sie meinte. Weil, ach, ich weiß auch nicht, weil sich Pascal irgendwie sogar beim Küssen wichtigmacht. So viel zu Matzes Meinung, Pascal sei ein Angeber. Und was für einer! Ich bleibe dran, Jérôme

Tag 4, Heimlichkeiten, Küchendienst und andere lästige Dinge

Aussichten: wären schöner, wenn ich zu Pascal stehen dürfte ...

Nur kurz, weil schon ziemlich spät. Aber: heute gesegelt, ich durfte sogar die Ruderpinne übernehmen! Viele liebe Blicke von Pascal. Wir waren sehr vorsichtig, wenn uns das auch nicht gerade leichtgefallen ist. Ich will ihn irgendwie immer anfassen, wenn er in meiner Nähe ist. Wenigstens GANZ kurz. Es ist, als ob sich meine Hand dann selbstständig macht und magnetisch von ihm angezogen wird.
Einen Moment, als ich das Ruder wieder an ihn übergab, stellte er sich so hin, dass niemand sehen konnte, wie er meine Hand drückte. Wenn ich die Augen zumache, kann ich es immer noch fühlen. Und – hallo! – hätten wir das genießen können, wären wir alleine gewesen! Aber nein. Nicht nur sämtliche Mitsegler guckten uns die ganze Zeit so misstrauisch an,

auch Madame Tardi nahm nicht eine Sekunde ihren Altweiberblick von uns. Das ist wirklich anstrengend. Immer ist sie da. Muss die eigentlich nie aufs Klo? Damit wir nicht auffliegen, hat Pascal sich dann den Rest des Tages ganz besonders nett um sie, Sophie und Anne gekümmert. Eigentlich hatte ich gehofft, wir könnten uns heute Abend wieder zu unserem Platz bei den Fliederbüschen davonschleichen. Aber Fehlanzeige. Die Tardi hat meinen Plan durchkreuzt und mich zum Küchendienst eingeteilt. War ja klar! Da stand ich dann mit Mimi und Jérôme und ein paar anderen samt all den eklig verschmierten Tellern in der Küche – es gab heute Kartoffelbrei und Würstchen. Eins weiß ich jetzt: Ich will später eine Spülmaschine. Angepappter Kartoffelbrei ist echt das Letzte!
Hundert Pro ahnt die Tardi irgendwas. Die macht das doch bestimmt mit Absicht, um mich zu bestrafen – 'ne Strafe war das nämlich wirklich. Mimi und Jérôme haben die ganze Zeit über ihre Doku gequatscht. Sie durften sogar früher gehen, weil sie noch filmen wollten. Ende vom Lied war natürlich, dass noch mehr eklige Spülerei für mich übrig blieb. Herzlichen Dank, ihr zwei!!
Als ich endlich, endlich fertig war, bin ich fix

rüber zum Lagerfeuer, um Pascal zu suchen, aber der war nirgendwo zu finden. War vermutlich auf der Flucht vor der Tardi, kein Wunder. Ich hab ihn dann vorhin auch nur noch kurz gesehen. Als ich vom Zähneputzen kam. Da hat er mir zugezwinkert. Doch leider kam Sophie gleich hinterhergestampft und Pascal ist schnell weitergegangen. Wenigstens hat er mir noch ein total sanftes »bonne nuit« zugeflüstert, als er an mir vorbeigelaufen ist. Ich glaube, ich werde ihm einfach morgen in einem geeigneten Moment vorschlagen, dass wir uns wieder auf dem Fliederhügel treffen.
Und bis dahin träume ich von ihm.

Tag 5,
abends allein am Strand – Sehnsucht nach Wolke sieben

Aussichten: bedeckt. Weil ich nicht bei Pascal sein kann und ihn schrecklich vermisse.

Das mit dem Treffen auf dem Fliederhügel wird heute wohl wieder nix. Schade. Mehr als schade. Pascal hat keine Zeit, weil er mit der Tardi irgendwas wegen des Segelkurses bereden muss. (Was gibt's da denn so lange zu bereden?) Ich bin eben extra »zufällig« bei den Booten vorbeigeschlendert, weil ich dachte, sie machen ihre blöde Besprechung vielleicht da (im Camp waren sie jedenfalls nirgends zu finden). Dann hätte ich wenigstens einen Blick auf Pascal erhaschen können. Und er auf mich. Prima Plan, Lisa, aber leider: weit und breit nichts und niemand. Grrr! Diese Tardi fängt an, mich

richtig zu nerven. Ständig funkt sie dazwischen. Ob sie sich das mit der Besprechung nur ausgedacht hat, um Pascal von mir fernzuhalten? Zuzutrauen wär's ihr. Hoffentlich wird das kein Dauerzustand, denn Pascal noch seltener zu sehen, halte ich nicht aus! Ich hab ja jetzt schon das Gefühl, ich zerspringe vor lauter Sehnsucht. Wenn ich nur an sein schnuffiges Grübchen denke oder wie er verträumt eine meiner Haarsträhnen um den Finger wickelt, während er mich ganz fest im Arm hält und wir beide aufs Meer rausgucken ...
So wie heute Morgen. Da hab ich ihn nämlich hier getroffen, ganz zufällig: Ich bin unheimlich früh aus dem Bett gehüpft – vor lauter Glück konnte ich keine Sekunde länger schlafen. Also bin ich raus, um mir den Sonnenaufgang anzuschauen. Den ganzen Strand hatte ich für mich, nur das Rauschen der Wellen war zu hören und die ersten Strahlen der Sonne tauchten alles in so ein tolles Purpur-Licht (und das lag nicht daran, dass ich eine rosarote Brille aufhatte!!). Es war derart unbegreiflich schön, dass es fast schon ein bisschen wehtat, nur Pascal fehlte ...
Und ungelogen, genau in diesem Moment ertönte hinter mir eine Stimme: »Na, du Frühaufste'erin?«

Also, ganz ehrlich, im ersten Augenblick dachte ich, ich träume. Aber nein, da stand Pascal, leibhaftig, und lächelte mich an mit diesem Lächeln, das einem den Boden unter den Füßen wegzieht. Gut, dass ich schon saß.
Er ließ sich neben mich in den Sand fallen, legte den Arm um meine Schultern, als wäre es das Selbstverständlichste der Welt, und gestand mir, er habe mich gestern Abend vermisst. Mir blieb wirklich kurz die Luft weg, und ich konnte ihn nur verdattert anstarren, aber dann blubberte es aus mir heraus: Dass ich ihn auch ganz schrecklich vermisst, die Tardi mich aber zum

Küchendienst verdonnert hätte und ich einfach nicht von dort weggekommen sei. Aber dass wir uns heute Abend treffen könnten, bei den Fliederbüschen ...

Oh nein!!! Da fällt mir was ein. Was bin ich doch für eine Idiotin! Keine Zeit für Erklärungen. Ich muss los ...

Tag 5, ein paar Stunden später – Kaputter Fuß, noch kaputteres Herz

Aussichten: noch mehr tränendurchtränkte Taschentücher.

Das ist mit Abstand der schlimmste Tag meines Lebens oder vielmehr die schlimmste Nacht. Eigentlich war alles ganz wunderbar, bis ich rausgekriegt habe, dass mich meine allerbeste Freundin, meine ex-allerbeste, nein, überhaupt Ex-Ex-Ex-Freundin nach Strich und Faden betrogen und belogen hat. Und jetzt liege ich hier mitten in der Nacht ganz allein im Krankenzimmer mit einem verstauchten Fuß und einem Herzen, das sich anfühlt, als hätte es ein Erdrutsch unter sich begraben.

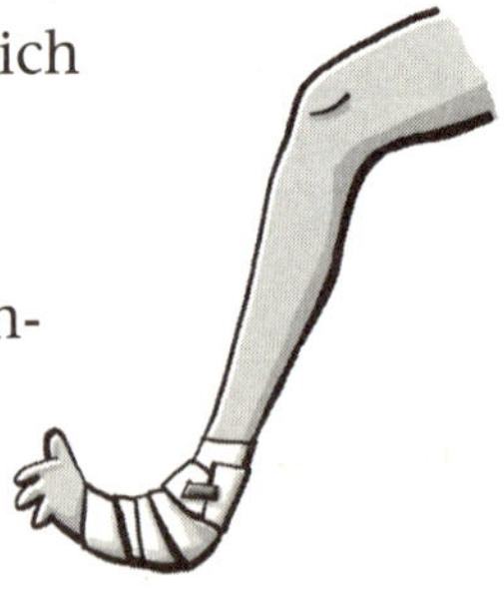

Und die verdammten Taschentücher sind auch gleich alle! Aber von Anfang an:

Als ich vorhin am Strand saß und in mein Tagebuch kritzelte ... War das wirklich heute? Es kommt mir wie 'ne halbe Ewigkeit vor!!! Und dabei sind es bloß ein paar Stunden. Wie soll ich das nur aushalten??? Das schaff ich nie. Bloß nicht dran denken ...

Wo war ich? Ach ja, als ich da saß, da fiel mir plötzlich siedend heiß ein: Wenn Pascal und die Tardi nicht bei den Booten sind und auch nicht im Camp, sind sie womöglich längst fertig mit Besprechen. Und Pascal ist vielleicht schon auf dem Fliederhügel und wartet auf mich. Also nichts wie hin!
Er war da. Und ob er da war ...
Mein Herz klopfte wie wild und völlig aus dem Takt, als ich ihn da stehen sah, mit dem Rücken zu mir, wie er sich den Vollmond anschaute. Zumindest dachte ich das.
Wie kann man in einer Minute nur so himmelhoch jauchzend sein und in der nächsten ... wenn ich wenigstens mit der Heulerei aufhören könnte, aber es ist wie eine Sturzflut ...
Ach verdammt!
Jedenfalls – gerade als ich auf Pascal zulaufen und mich in seine Arme stürzen wollte, hörte ich ein albernes Gekicher.

Ich blieb wie angewurzelt stehen und lauschte. Aber plötzlich war es wieder still. Nichts außer Blättergeraschel. Ich dachte schon, ich hätte mich geirrt, da sah ich es: Pascal war nicht allein. Vor dem Mond zeichnete sich eine weitere Silhouette ab. Ein Mädchen war bei ihm! Und dieses Mädchen schlang ihre Arme um seinen Nacken und zog seinen Kopf zu sich runter, um ihn zu küssen!!!
Das war wie ein Bauchklatscher vom Fünfer – nur noch VIEL schlimmer! Irgendwie muss mir wohl ein Aufschluchzer rausgerutscht sein oder so, auf jeden Fall fuhren die beiden erschrocken auseinander, und da konnte ich endlich erkennen, wer das Mädchen war: Anne! Von wegen beste Freundin. Pah! Knutscht hinter meinem Rücken mit Pascal, obwohl doch *ich* mit ihm zusammen bin. Das konnte sie zwar nicht wissen, aber dass ich in ihn verknallt war, das schon!! Pascal ist für sie tabu!
Wo zum Teufel sind nur meine Taschentücher????!!!!!!

Tag 5, oder Tag 6 (?), jedenfalls mitten in der Nacht – Ich hasse sie!

Aussichten: Ich werde nie, nie wieder glücklich sein. Und das mit dem Verlieben hat sich auch erledigt!

Ich kann einfach nicht schlafen. Noch nicht mal das! Das alles kann doch nur ein Albtraum sein. Ein Albtraum, aus dem ich bestimmt bald wieder aufwache …

Aber – autsch! – ich kann mich zwicken, soviel ich will, das ändert gar nichts. Mal abgesehen von den blauen Flecken, die ich davon bekomme. Na super, auch das noch!

Ständig sehe ich sie vor mir: Anne, wie sie die Arme um Pascals Nacken schlingt, ihr blödes Gegiggel, wie sie ihn küssen will … Das kleine, gemeine Aas! Am liebsten würde ich sie vierteilen und an die Möwen verfüttern für das, was sie getan hat. Tja, von wegen im Auge behalten. Hat ja prima geklappt, Lisa. Hätte ich nur besser aufgepasst!

Schon beim Segeln heute hat sich Anne ständig

in Pascals Nähe rumgedrückt. Und beim Abendessen war sie auch so komisch. Jetzt weiß ich auch warum. Hinterher ist sie dann ganz plötzlich verschwunden, angeblich weil sie Sophie bei was auch immer helfen wollte. Und ich hab ihr auch noch geglaubt, dabei kann sie Sophie doch gar nicht leiden. Das hätte mich doch misstrauisch machen müssen, oder? Hat es aber nicht – weil ich da noch dachte, ich könnte Anne hundertprozentig, ach was, mindestens hundertfünfzigprozentig vertrauen.

Dass ich so auf Anne reinfallen konnte, macht mich wütend. Furchtbar, ganz schrecklich, verteufelt wütend. Weil sie wahrscheinlich schon die ganze Zeit den Plan hatte, mir Pascal abspenstig zu machen. Von wegen, sie ist unsterblich in Ronnie verliebt – wankelmütiges Miststück!

Und Pascal? Hat er Anne vielleicht ordentlich abblitzen lassen, als sie ihn angegraben hat? Oder wenigstens ein bisschen zusammengestaucht? Oder zumindest gesagt:

»Entschuldige bitte, ich habe schon eine Freundin?«

Nein, hat er nicht. Er hat sich einfach so küssen lassen. Aber der wird sich noch wundern! Wenn er erst merkt, was er an mir verloren hat und wie weh es tut, mich zu vermissen. Aber dann werde ich hart bleiben und ihn ordentlich zappeln lassen, ha! Ewig und drei Tage! Oder zumindest eine ganze Weile.

Tag 6,
(Morgen-)Grauen – Im wahrsten Sinne des Wortes

Aussichten: miserabel

Aber wenigstens kullern mir nicht mehr ununterbrochen Tränen aus den Augen. Dafür tut mein Fuß umso mehr weh. Er pocht die ganze Zeit. Und auch daran sind Anne und Pascal schuld, die gemeinen Verräter! Verdammt, wenn sich jemand die Haxen brechen und Höllenqualen leiden sollte, dann doch wohl sie! Das Leben ist so gemein!

Nachdem ich sie also in flagranti erwischt hatte, standen sie beide nur da wie zwei hirntote Karpfen. Starrten mich an und klappten den Mund auf und zu. Ich wartete erst gar nicht ab, bis sie einen Ton rausbrachten, sondern drehte mich um und lief den Hügel hinunter. Ich wollte nur noch eins: so viel Abstand zwischen sie und mich bringen wie möglich, und zwar so schnell ich konnte. Aber im Dunkeln blind drauf loszurennen war vielleicht nicht die beste Idee. Warum musste diese beknackte Pinienwurzel auch ausgerechnet in meinem Weg liegen? Als ob ich nicht schon genug durchgemacht hätte, blieb ich natürlich prompt an ihr hängen, stolperte und rollte mit vollem Karacho einen kleinen Abhang hinunter – genau vor Jéromês und Mimis Füße. Na toll, das musste ja sein. Wenn schon lächerlich machen, dann richtig!

Die beiden starrten mich total verdattert an und Jérôme stotterte: »Was machst du denn hier?«

Was für 'ne Frage! Blödmann! Durch den Wald rennen, mir die dickste Wurzel weit und breit suchen, um mir daran den Knöchel zu brechen! Das ist die neueste Olympiadisziplin, nicht gewusst? Leider tat mir mein Fuß viel zu weh, um eine schlagfertige Antwort rauszubringen, also wimmerte ich nur »Au« und »mein Knöchel« ...

»Lass mal sehen«, meinte Jérôme da, beugte sich zu mir herunter und betastete behutsam mein Fußgelenk. Sah so aus, als wüsste er, was er tat. »Mmmh. Scheint nicht gebrochen zu sein.«

Aha. Wenigstens eine gute Nachricht.

»Wahrscheinlich verstaucht. Da muss Eis drauf und dann ein Tapeverband drum.«

Jetzt muss *ich ihn* ziemlich verdattert angeschaut haben, denn er grinste etwas verlegen: »Hab Erfahrung im Umknicken. Passiert öfter mal beim Streetball – nicht nur mir.«
»Du spielst Streetball? Echt? Ich auch, aber ich« – biss mir auf die Lippen, bevor mir rausrutschte, dass ich das von ihm nicht gedacht hätte, weil ich ihn eigentlich für einen langweiligen Computerfreak gehalten hatte.
»Äh«, stotterte ich, irgendwie musste ich den Satz ja beenden, »ich ... spiel nur ab und zu.« Uff, gerade noch mal abgebogen.

Mimi schienen Jérômes sportliche Aktivitäten nicht zu wundern, jedenfalls nahm sie das alles ganz gelassen hin und fragte mich nur: »Meinst du, du kannst laufen? Dich zurückzutragen, werden wir nämlich wohl kaum schaffen.«
»Humpeln geht bestimmt«, erwiderte ich tapfer und versuchte aufzustehen.
Prompt streckte Jérôme mir die Hand hin, Mimi tat es ihm nach. Aber statt mich von ihnen hochziehen zu lassen, zog ich die beiden zu mir runter und fauchte: »Pssst!«
Mimi muss sich gefragt haben, ob mein Kopf bei dem Sturz was abgekriegt hatte, so wie sie mich ansah. Aber für mein seltsames Verhalten gab es eine ganz einfache Erklärung: Ich hatte Stimmen gehört (REALE Stimmen, wohlgemerkt, und keine, die nur in meinem Kopf herumspukten!): Anne und Pascal, die nach mir riefen. Und von denen wollte ich bestimmt nicht gefunden werden, schon gar nicht in diesem jämmerlichen Zustand: zerschunden, dreckige Klamotten und kaputter Fuß. Das Letzte, was ich von denen wollte, war Mitleid.

Zum Glück taten mir Jérôme und Mimi den Gefallen und waren mucksmäuschenstill, bis sich die Stimmen wieder entfernten. Jérôme

drückte nur ganz kurz meine Hand, wie um mir zu zeigen, dass er verstanden hatte. Aber vielleicht bildete ich mir das auch nur ein? Jedenfalls stellte er keine Fragen.
Ganz anders als Mimi.
Während Jérôme mir aufstehen half, stützend den Arm um mich legte und wir loshumpelten – also ich humpelte, meine ich –, legte sie auch schon los.
»War das eben nicht Pascal?«
Tja, erzähl mir was Neues.
Und das tat sie dann auch: »Hast du den etwa auch beim Knutschen erwischt?«
Auch? Wieso auch?? Wie sollte ich das denn verstehen?
Zum Glück redete Mimi von selbst weiter, sodass ich nicht erst fragen musste: »Stell dir vor, er ist uns genau vor die Kamera gelaufen. Und wir konnten nicht weg, ohne dass er uns bemerkt hätte. Bäh, von seinem Gesäusel konnte einem echt schlecht werden!«
Wenn ich daran dachte, was ich gerade gesehen hatte, ging es mir ganz genauso. Ich musste schlucken, um nicht loszuheulen.
»Alles in Ordnung?«, fragte Jérôme prompt.
Ich nickte. »Ist nur mein Knöchel. Tut höllisch weh.«

Ich glaube, er hat mir das abgenommen, denn er sagte nichts mehr, hielt mich nur ein bisschen fester, damit ich den Fuß noch mehr entlasten konnte.
Mimi streute mir währenddessen fröhlich weiter Salz in die Wunde: »Also, das Gesülze war ja schon schlimm genug: ›Kein Stern strahlt so hell wie du.‹ Pah! Wie abgedroschen. Aber sich dann auch noch von dem Schleimi abschlecken zu lassen. Bäh! Dass da nicht der Film durchgeschmirgelt ist, wundert mich. Also ich weiß ja nicht, wie's dir ging, aber da hatte ich endgültig genug.«
Das hatte ich schon lange. Mimis minutiöse Schilderung hatte mich ziemlich geschockt. So sehr, dass ich alles andere nur noch wie durch einen Schleier mitbekam: wie Jérôme und Mimi mich aufs Krankenzimmer brachten und Madame Tardi mich verarztete. Und mich hinterher ins Kreuzverhör nahm, wo ich eigentlich gewesen sei, und ich sie nur angucken konnte wie ein kleines, beschränktes Schaf. Was hätte ich ihr auch sagen sollen? Dass ich mich heimlich davongeschlichen hatte in der Hoffnung, Pascal zu treffen? Ihn dann aber mit der gemeinen, hinterhältigen Anne erwischt hatte und …?

Wie auch immer. Während ich noch meine Gehirnwindungen nach einer halbwegs plausiblen Antwort durchforstete, sprang Jérôme für mich in die Bresche und erklärte, ich hätte ihm und Mimi bei der Suche nach den besten Shots für ihren Film geholfen oder so was.
Moment mal, wo ich das gerade aufschreibe – Jérôme hat für mich gelogen, damit ich nicht in Schwierigkeiten komme! Ziemlich nett von ihm, oder?

JÉRÔMES BLOG: FRANKREICH RANGEZOOMT (5) – VERSTAUCHTE KNÖCHEL UND ANDERE KATASTROPHEN

Hallo an alle! Ja, ich weiß, ich hab mich 'ne Weile nicht gemeldet, aber hier ist gerade die Hölle los. Dafür bin ich heute extra eine Stunde früher aufgestanden – nur damit ihr auf dem Laufenden bleibt. Obwohl ich letzte Nacht nicht viel Schlaf abbekommen habe.
Gestern sind Mimi und ich nämlich noch mal spät zum Filmen raus, weil in der Bucht ein alter Dreimaster vor Anker lag – und genau dahinter ist der Vollmond aufgegangen. Eine abgefahrene Kulisse, sag ich Euch! Die konnten wir uns natürlich nicht entgehen lassen und die Aufnahmen sind auch richtig gut geworden. Aber zugegeben, nicht die sind schuld an meinem akuten Schlafmangel, sondern Lisa. Stopp! Halt! Bevor Ihr wieder mit irgendwelchen abstrusen Unterstellungen anfangt: Dafür gibt's 'ne ganz simple Erklärung!
Also: Mimi und ich waren gerade auf dem Weg

zurück zum Camp und tasteten uns den Trampelpfad durchs Pinienwäldchen entlang (und ihr könnt mir glauben, trotz Vollmond sieht man da nicht gerade viel – hätten wir mal unsere Taschenlampen mitgenommen), als wir hinter uns etwas durchs Gehölz poltern hörten.
Erst dachten wir, es ist ein Tier. So erschrocken, wie Mimi aus der Wäsche guckte, dachte sie dabei wohl an was ziemlich Großes, ein Wildschwein oder so. Ehrlich gesagt, fand ich den Gedanken gar nicht so abwegig. Und drauf anlegen wollte ich es nicht gerade. Aber bevor wir die Flucht ergreifen konnten, brach etwas direkt neben uns aus dem Gestrüpp. Was uns da vor die Füße fiel – im wahrsten Sinne des Wortes –, war aber kein gefährliches, wildes Viech, sondern: Lisa! Ich war so perplex, dass ich keinen geraden Satz rausbrachte und erst mal gar nicht kapierte, dass sie sich verletzt hatte. Ziemlich übel sogar. Ihr Fuß war verknackst und auch sonst sah sie ganz schön verschrammt aus. Sie muss im Affentempo und ohne Rücksicht auf Verluste durch den Wald geprescht sein!
Ich hätte sie gerne gefragt, wovor sie davongelaufen war, aber ich wusste nicht wie. Also sah ich mir erst mal ihren Knöchel an. Meine Frage erübrigte sich dann auch, denn gerade als ich

Lisa hochhelfen wollte, bekam sie einen total panischen Gesichtsausdruck, zischte »Psst!« und riss so vehement an meiner Hand, dass ich fast auf sie geplumpst wäre. Ich wusste erst gar nicht, was los ist, aber dann hörte ich Stimmen, die nach Lisa riefen. Die eine gehörte ganz offensichtlich Pascal und die andere, wenn ich mich nicht sehr täusche, Anne.
Ich linste verstohlen zu Lisa rüber und dann war mir alles klar: Sie hatte sich in Pascal verliebt. Und der war mit einem anderen Mädchen hier. Das ist echt hart. Obwohl ich wirklich nicht verstehen kann, was Lisa an Pascal findet, sie hat ehrlich was Besseres verdient.
Hab ich eigentlich erzählt, dass Lisa sogar Streetball spielt? Das hätte ich ihr gar nicht zugetraut. Aber ihr Geschmack, was Kerle betrifft, ist wirklich daneben. Erst dieser Angeber, den sich meine Schwester unter den Nagel gerissen hat, und jetzt auch noch Pascal. Ist dieselbe Liga – nur noch schlimmer. Sagen würde ich das Lisa natürlich nicht.
Mimi ist da nicht so zurückhaltend, die hat Pascal echt gefressen und lässt daran keinerlei Zweifel. Auch gestern nicht. Dumm nur, dass sie nicht merkte, was sie Lisa damit antat. Die wurde immer bleicher und bleicher. Sie tat zwar so, als

läge das an ihrem schmerzenden Fuß, aber mir konnte sie nichts vormachen. Ich hab sie dann einfach fester gehalten, ich dachte, das tröstet sie vielleicht ein winziges bisschen.
Ja, ich weiß, was Ihr jetzt denkt, aber Ihr liegt komplett daneben. Einer musste sie ja stützen. Sie konnte ja schlecht auf einem Bein zurück ins Camp hüpfen. Oder? Na also! Da war gar nichts dabei. Es waren nicht mal ihre Haare, die mich unterm Kinn gekitzelt haben, wie ich anfangs dachte. Das war nur eine kleine Spinne, die sich Lisa neben ein paar kleinen Zweigen und Piniennadeln auf ihrer überstürzten Flucht eingefangen

hatte. Die setzte ich Mimi in den Nacken, damit sie aufhörte, Lisa mit Geschichten über Pascal zu quälen. Schrecken kann man Mimi mit so was zwar nicht, aber zumindest war sie kurz abgelenkt und daraufhin still.

Später hab ich dann versucht, Mimi einen Wink zu geben. Wozu es allerdings mehr als 'nen ganzen Zaunpfahl brauchte, bis sie endlich kapierte, was Sache ist.
Zu allem Übel sind wir im Camp auch noch direkt Madame Tardi in die Arme gelaufen, die schon auf uns gewartet hat. Mittlerweile war es echt spät geworden und Mimi und ich hätten längst zurück sein sollen. Und Lisa hatte sich noch nicht mal abgemeldet. Ich konnte das große Donnerwetter aber gerade noch rechtzeitig abwenden, indem ich einfach behauptet habe, das alles sei meine Schuld. Ich hab mein bestes Pokerface aufgesetzt und erzählt, dass Lisa jetzt bei unserem Filmprojekt mitmacht und ich im Eifer des Gefechts ganz vergessen habe, Bescheid zu sagen ... Hat wunderbar geklappt :o).
So, jetzt muss ich aber los, damit ich wenigstens noch was zu beißen kriege, bevor es wieder zum Segeln rausgeht. Keine Angst! Auf Rührei verzichte ich diesmal. Das muss ich mir nicht

noch mal geben und außerdem habe ich heute keine Unterstützung beim Filmen, da darf ich nicht ausfallen. Mimi bleibt nämlich bei Lisa im Camp, um ihr Gesellschaft zu leisten – sozusagen als Wiedergutmachung dafür, dass sie gestern so ein kleines Trampeltier war. Unsere Mannschaft ist also etwas dezimiert. Schade eigentlich. Bin trotzdem mal gespannt, wie Pascal sich heute verhält. Ob er mit der Flirterei jetzt mal einen Gang runterschaltet nach allem, was passiert ist?

Tag 6,
Irrungen und Wirrungen.
Es geht immer noch schlimmer

Die Aussichten: keine Ahnung. Ich seh einfach nicht mehr geradeaus!

Mein Herz fühlt sich immer noch an, als hätten es alle drei Masten des Kahns, der gestern in der Bucht lag, durchbohrt, und in meinem Kopf geht alles drunter und drüber.

Pascal ist eine miese Ratte. Noch viel mieser, als ich dachte! Viel, viel, viel mieser. Leider macht es das auch nicht leichter. Ganz im Gegenteil. Puh, ich bin fix und fertig. Ist ja auch kein Wunder, ich hab die ganze Nacht kein Auge zugemacht. Ich fühle mich so ELEND. Ich bin traurig, nein, TODunglücklich und wütend, STINKwütend und verzweifelt und total sauer und alles wieder von vorn. Das geht schon die ganze Zeit so. Das war bestimmt auch der

Grund dafür, dass ich irgendwann heute Nacht überhaupt nicht mehr klar denken konnte und ziemlich wirres Zeug zusammenfantasierte.
So ähnlich wie Anne auf der Busfahrt hierher, als sie tausend mögliche Gründe dafür suchte, wieso Bernadette bei Ronnie auf dem Sozius saß – und alles nur, um nicht zugeben zu müssen, dass es genauso war, wie es aussah.
Jedenfalls fragte ich mich immer wieder, wie das passieren konnte – vorgestern wollte Pascal mir noch die Sterne vom Himmel pflücken und kurz danach knutscht er mit Anne. Nur: Warum?
Es musste doch irgendeine logische Erklärung dafür geben ...
Was ich dann letztendlich aus den Untiefen meiner Gehirnwindungen hervorkramte und was als Einziges halbwegs Sinn machte (für mich): Das alles musste Annes Schuld sein! Klar, warum war ich nicht schon viel früher darauf gekommen? Wahrscheinlich hatte sie ihn mit irgendeinem fiesen Trick reingelegt und ihn hinterhältig dazu verleitet, sie zu küssen. Denn das hätte er doch niemals von sich aus getan.
Er mochte doch mich!
Da gab's nur eines: Ich musste mit Pascal reden! Bestimmt war das Ganze nur ein blödes Missverständnis.

An diesen Strohhalm klammerte ich mich, so fest ich nur konnte. Und jede Wette, ich hätte auch mein letztes Restchen Stolz über Bord geworfen, wäre zu Pascal gehumpelt und hätte mich bis auf die Knochen blamiert, wenn mich Mimi nicht davon abgehalten hätte. Und Jérôme. Und ihr vermaledeiter Film.

Ich war wirklich schon nahe dran aufzustehen, um mich Hals über Kopf und aus freien Stücken in mein Verderben zu stürzen, als Mimi mir ein Frühstückstablett brachte (eigentlich hatte ich schon die Hoffnung aufgeben, jemand würde sich überhaupt irgendwann mal daran erinnern, dass ich hier allein im Krankenzimmer liege. Dabei war es erst acht Uhr, aber mir kam es halt wie 'ne halbe Ewigkeit vor).

Mimi hatte sich ganz schön ins Zeug gelegt: Café au Lait, Croissant, Omelett (mit 'nem lieben Gruß von der Köchin), sogar 'ne Blume hatte sie irgendwo aufgetrieben (na gut, es war eine Stranddistel, aber immerhin – die Geste zählt). Leider hatte ich überhaupt keinen Appetit. Mimi dachte erst, ich stochere so lustlos in meinem Frühstück rum, weil ich stinkig auf sie wäre. Hä? Auf Anne – aber hallo hoch zehn! Und auch auf Pascal – klar! Ein bisschen zumindest. Aber auf Mimi?

Mimi druckste herum: »Na ja, ich dachte, weil ich gestern Nacht so auf der Sache mit Pascal rumgeritten bin. Tut mir leid, aber ich wusste nicht, dass du in ihn verschossen bist ... das hab ich erst kapiert, als Jérôme es mir gesagt hat.«
Was? Wieso Jérôme? Woher weiß der denn das? Irgendwie musste mir das rausgerutscht sein, und zwar ziemlich zornig, denn Mimi war ganz zerknirscht.
»Keine Ahnung«, stotterte sie, »eigentlich hat er auch nur gesagt, dass er das glaubt. Und wenn, fändest du es bestimmt nicht sonderlich spaßig, wenn ich dir brühwarm erzähle, dass wir Pascal erwischt haben und so.«
Aha. Was bildet der Kerl sich eigentlich ein? Einfach darüber zu bestimmen, was gut für mich ist? Andererseits ist es ja auch echt nett, dass er mich schonen will. Da schoss mir plötzlich ein ziemlich unangenehmer Gedanke durch den Kopf. Was, wenn die auch mich beim Knutschen mit Pascal erwischt haben? Wie peinlich ist das denn? Ich muss laut gedacht haben (ich sollte wirklich lernen, mich besser zu beherrschen), denn Mimi winkte schnell ab: »Nein, keine Sorge, dich nicht!«
Für einen kurzen Augenblick war ich erleichtert, aber nicht lange. Denn Mimi fügte hinzu: »Sonst

hätte ich dir bestimmt nicht erzählt, dass Pascal uns vorgestern vor die Linse gelaufen ist. So trampelig bin ich dann auch wieder nicht, egal was Jérôme sagt!«

Ähmm. Moment mal. Wie war das? Vorgestern? VORgestern?

Es durchfuhr mich siedend heiß. Dann hatte er also da schon mit Anne? Während ich Küchendienst schieben musste??? Und gestern Morgen erzählt er mir noch, er hätte mich vermisst ...

Das war so ein Schock, dass ich eine Weile brauchte, bis ich wieder einigermaßen klar denken konnte. Aber dann wollte ich nur noch eins: Gewissheit.

Ich fasste mir ein Herz, oder zumindest das, was noch davon übrig war, und fragte Mimi zaghaft: »Sag mal, das mit Pascal und Anne. Wie lange geht das denn schon?«

Mimi guckte wie 'ne Kuh, wenn's donnert, und mir blieb nichts anderes übrig, als noch deutlicher zu werden: »Na ja, wenn sie euch vorgestern vor die Linse gelaufen sind, kann das ja nicht erst seit gestern ...«

Ich kam gar nicht dazu, meinen Satz zu beenden, weil Mimi mir ins Wort fiel. Und die Neuigkeit, mit der sie herausplatzte, gab mir den Rest:

»Anne? Wieso denn Anne, das war doch Sophie?!«
Wie jetzt? Sophie? SOPHIE???
»Alles okay mit dir?«, fragte Mimi ängstlich.
Nein, nichts war okay. Mir war ganz schlecht. Nur langsam sickerte in mein Hirn, was das bedeutete. Mir fiel der Abend wieder ein, als ich vom Zähneputzen kam. Und Pascal mir über den Weg lief, nachdem ich ihn den ganzen Abend vergebens gesucht hatte. Ganz zärtlich hatte er mir Gute Nacht gewünscht, war dann aber schnell wieder verschwunden, als Sophie auftauchte – kurz nach ihm ... Ich musste mir auf die Lippen beißen, um nicht loszuschluchzen.
»Ich muss unbedingt den Film sehen«, presste ich hervor.
Und ich sah ihn.

Kaum war Jérôme vom Segeln zurück, schleppte ihn Mimi zu mir. Erst war es mir unheimlich peinlich, dass Jérôme Bescheid wusste. Auf ihn musste ich doch total armselig wirken. Eine kleine, dumme, liebeskranke Pute, die sich eingebildet hatte, von einem Typen, dem alle weiblichen Wesen dieses Planeten zu Füßen lagen, auserkoren worden zu sein. Die dann auch noch

glaubte, in ihm ihren Prinzen gefunden zu haben und an seiner Seite glücklich in einem Segelboot um die Welt zu schippern, bis ans Ende ihrer Tage.
Konnte ja keiner wissen, dass sich Prince Charming als Kakerlake entpuppen würde (obwohl, ich sollte mich bei der Kakerlake wohl für diesen Vergleich entschuldigen).

Was ich auf Jérômes Laptop zu sehen bekam, übertraf alle meine Befürchtungen. Die gleiche Geschichte. Die gleichen Sprüche. Die gleichen Blicke und … alles andere. Nur Sonnenuntergang statt Sternschnuppen.
Welch ein Trost.
Tränen schossen mir in die Augen. Mal wieder. Toll, jetzt fing ich schon vor Jérôme an zu heulen.
»He, mach dir nichts draus.«
Was meinte er? Das Heulen oder die Vollblamage, auf Pascals billige Tricks reingefallen zu sein?
»Der Typ ist ein Arsch.«
Danke für die Information!
»Aber er hat es echt drauf.«
Toll, kannst ja schon mal anfangen zu üben!

Jérôme sah mich eindringlich an: »Irgendwie schafft er es, dass es so aussieht, als gäbe es niemand anderes auf der Welt, wenn er mit einem redet. Da wäre ich auch drauf reingefallen.«
Jetzt wurde er fast ein bisschen rot.
»Als Mädchen, meine ich. Jede wäre das.«
Ups! Danke! Das tut aber gut ...
»Also, ich nicht!«, schnaubte da Mimi. »Ich hab gleich gewusst, was für 'n Schleimer das ist.«
Tja, da war die aufbauende Wirkung wieder weg. Obwohl ...
»Du zählst nicht«, grinste Jérôme nämlich, »du bist doch gegen jeglichen männlichen Charme immun.«
»Pah!«, meinte Mimi nur. »Ist ja auch kein Wunder bei dem Angebot.«
Und selbst mir entlockte das ein Zucken des Mundwinkels. He, ich konnte wieder lachen – na ja, schief grinsen zumindest.
Mimi hatte dann auch genug von diesem Thema und verdrückte sich. Jérôme und ich redeten noch ziemlich lange. Er kann echt gut zuhören. Und was er sagt, ist auch nicht verkehrt. Mit einem Jungen hab ich mich jedenfalls noch nie so gut unterhalten. Er ist wirklich ein richtig guter Freund.
Apropos Freund oder besser gesagt: FreundIN.

Ein Problem hab ich immer noch nicht gelöst. Soll ich Anne sagen, was Pascal da abzieht, oder es einfach lassen? Auf der einen Seite ist sie schon so lange meine Freundin. Gewesen zumindest. Seit der Grundschule. Immerhin. Aber auf der anderen: eine miese Verräterin. Und Verräterinnen haben kein Recht auf Freundschaft, oder? Schließlich hat sie hinter meinem Rücken was mit Pascal angefangen – obwohl sie genau wusste, dass ich in ihn verliebt war. Und dafür hat sie wirklich eine Strafe verdient.
Aber gleich so 'ne harte?

JÉRÔMES BLOG: FRANKREICH RANGEZOOMT (6) – NUR KUMPELS!

Also ehrlich, Jungs! Ihr seid echt daneben. Und Eure blöden Kommentare könnt Ihr euch sonstwo hinstecken! Nur weil ich dachte, Lisas Haare kitzeln mich unterm Kinn, was ja im Übrigen gar nicht so war, habe ich noch lange nicht an ihnen geschnuppert. Warum auch?! Nach was sollten die schon riechen? Nach Piniennadeln, Meer und Sonne allerhöchstens, wie Lisa überhaupt – und wahrscheinlich neunundneunzig Prozent aller, die hier im Camp rumlaufen. Also ist das noch lange kein eindeutiges Zeichen dafür, dass ich über beide Ohren in sie verknallt bin. Kann sein, ich mag sie, aber ich bin nicht in sie verschossen, nicht mal über beide Zehenspitzen. Und selbst wenn, wäre das auch egal, denn für sie bin ich nur ein guter Freund. Und sie für mich auch. Und das geht, auch wenn Ihr Neandertaler das nicht glauben wollt. Siehe Mimi. Mimi + Jérôme = Kumpels. Lisa + Jérôme = auch Kumpels. Alles klar? Nur Kumpels! Was sich im Übrigen auch

daran zeigt, dass Lisa mir die ganze Geschichte mit Pascal erzählt hat. Und wie er das komplette Programm mit ihr abgezogen hat, genau wie mit Sophie und wohl auch Anne.
Ach, übrigens Anne: Sie war es, die in den Neuen meiner Schwester verknallt war, nicht Lisa. Wenigstens etwas.
Blöd nur, dass Lisa unsere Aufnahme von Pascals Knutschangriff nicht gesehen hat, *bevor* sie ihm auf den Leim gegangen ist. Das hätte ich ihr gerne erspart. Und nicht übel Lust, Pascal eine zu verpassen. Auf dem Boot heute musste ich mich jedenfalls sehr zusammenreißen, um nicht wenigstens zu versuchen, ihn ganz aus Versehen über Bord gehen zu lassen. Der Typ ist echt eiskalt. Der hat weitergemacht wie immer und seine Flirtkünste munter an Françoise ausprobiert. Zumindest Anne scheint noch so was wie ein Gewissen zu haben, denn sie saß den ganzen Tag wie ein Häufchen Elend in der Ecke.

Immer noch Tag 6, abends – Beste Freundinnen für immer

Die Aussichten:
werden besser.

Die Entscheidung, ob ich Anne warnen soll oder nicht, wurde mir abgenommen. Von Anne selbst.
Und das kam so: Jérôme ging erst, nachdem er ganz lange, aber umsonst versucht hatte, mich dazu zu überreden, mein selbstgewähltes Exil im Krankenzimmer zu verlassen (ich hatte wirklich noch keinen Nerv, Pascal oder Anne zu begegnen). Dann muss ich eingeschlafen sein. Ich war aber auch ziemlich ausgeknockt. Liebeskummer ist ganz schön anstrengend.
Ich träumte lauter wirres Zeug, von Prinzen und Kakerlaken, falschen Freundinnen und quietschenden Türen ... Und schreckte hoch.
Vor meinem Bett stand Anne. Mit ihr hatte ich nicht gerechnet.
»Verzieh dich, du ... du miese Verräterin!«,

zischte ich – puh, ich wusste gar nicht, dass ich so wütend werden konnte.
»Bitte, du musst mir zuhören.«
Annes große braune Rehaugen flehten mich an. Das machte mich nur noch wütender: »Ich muss gar nichts. Ich will nicht mit dir reden!«
»Es tut mir so leid, ehrlich.«
»Ach ja? Was denn genau? Dass du unsere Freundschaft verraten hast oder dass du damit aufgeflogen bist?«
Ja, zugegeben, das war ein bisschen pathetisch. Aber es verfehlte seine Wirkung nicht. Anne brach nämlich in Tränen aus. Und sofort hatte ich ein schlechtes Gewissen. Ich kann einfach nicht mit ansehen, wenn jemand weint und ich auch noch schuld daran bin. Auch wenn Anne sich das ja selbst eingebrockt hat. Und ich mir die halbe Nacht ausgemalt habe, was ich ihr alles antun könnte, damit ihr es genauso mies geht wie mir. Jetzt ging es ihr so, aber es war nicht annähernd so befriedigend wie gedacht. Im Gegenteil.
»Ich wollte es dir ja erzählen«, schluchzte Anne, »aber es ging alles so schnell und dann, dann standest du plötzlich da. Ich hab mir die ganze Zeit eingeredet, dass es für dich bestimmt nicht so schlimm ist. Dass du zwar für Pascal

schwärmst, aber eben nicht mehr. Zuerst hab ich sogar versucht, mich fernzuhalten, weil ich wusste, dass du ... aber dann: Dann haben wir uns eben ineinander verliebt. Und ich wollte es dir wirklich sagen, obwohl er mich gebeten hat, es niemandem zu verraten, weil ... weil ...«

Sie schniefte und ich reichte ihr ein Taschentuch aus meinen eisernen Reserven und ergänzte: »Weil es niemand wissen darf, ganz besonders nicht die Tardi?«

Anne hielt mitten im Schnäuzen inne und sah mich über den Rand des Taschentuchs verdutzt an.

Und ich setzte noch eins drauf: »Weil die hinter ihm her ist und ihn mit ihren Anträgen verfolgt?«

Anne, total baff, nickte: »Woher weißt du?«

»Genau das Gleiche hat er mir auch gesagt. Und nicht nur mir.«

An Annes Gesicht sah ich, dass sie mir kein Wort glaubte. Nicht glauben wollte.

Also musste ich schwerere Geschütze auffahren: »Hat er dir auch die Geschichte von seiner Mutter erzählt? Und dass er bisher mit niemandem darüber reden konnte. Außer mit dir?«

Wieder nickte Anne, diesmal schon sehr viel verunsicherter, so langsam dämmerte ihr, dass

ich vielleicht, ganz vielleicht, doch die Wahrheit erzählte.
Was soll ich sagen – es war trotzdem noch ein ziemliches Stück Arbeit und dauerte 'ne ganze Weile, bis ich sie davon überzeugen konnte, dass Pascal uns beide nur benutzt hatte. Und nicht nur uns. So ungefähr drei Stunden, fünfzig Taschentücher und eine Videovorführung. So wie bei mir eben.
Das Gute daran: Ich hab meine beste Freundin wieder.
Und sie ihre.

Tag 7,
auf dem Boot, so weit weg von Pascal wie möglich – Rachepläne

Aussichten: rabenschwarz. Aber nicht für mich ...

Leicht ist es mir ja nicht gerade gefallen, wieder mit rauszusegeln und Pascal den ganzen Tag vor der Nase zu haben. Jedes Mal wenn ich ihn ansehe, wird mir heiß und kalt, und am liebsten würde ich mich auf der Stelle im Meer ersäufen, weil ich so blauäugig war und ihm in die Falle getappt bin. Wie ich ihn angehimmelt habe! Was ich alles gesagt und getan habe! Uhh, ich darf gar nicht dran denken ...
Aber Anne hat mich davon überzeugt, dass es sehr viel besser ist, Pascal Paroli zu bieten, als sich für den Rest der Ferien zu verkriechen. Dann hätte er nämlich gewonnen. Und das will sie auf gar keinen Fall zulassen. Überhaupt ist Anne ganz schön kämpferisch, seit sie sich von dem ersten Schreck erholt hat.
Wir haben noch die halbe Nacht geredet. Was waren wir bloß für Idiotinnen, unsere

Freundschaft für so einen Einfaltspinsel zu riskieren? Wir haben uns hoch und heilig versprochen, dass so was nie wieder vorkommt, das ist nämlich kein Kerl auf der Welt wert. Und – Rache geschworen. Bösartige, blutrünstige, bodenlos gemeine Rache!

Und jetzt sitzen wir hier, außer Sichtweite von Pascal, und knobeln an unserem Racheplan. Uns sind schon ein paar richtig fiese Sachen eingefallen:

- Pascal über die Planke springen lassen.
- Ihn teeren und federn
- … und danach über kleiner Flamme rösten.
- Ihn kielholen, aber längsseits des Schiffes, dann wäre er schön lange unter Wasser und die Chance, dass er absäuft oder sich an den scharfkantigen Muscheln aufschlitzt, sehr viel größer.
- Vorher vielleicht Spießrutenlaufen? Wir könnten ihn mit Angelhaken piesacken und ihn mit den Paddeln vermöbeln.
- Danach: ihn auf dem Fliederhügel bei Wasser und Brot darben lassen, bis er vor versammelter Mannschaft gesteht.
- Und als Krönung: ihn am höchsten Mast aufhängen und ihn schmoren lassen, bis er

verschrumpelt ist wie eine Dörrpflaume. Anschließend den Haien zum Fraß vorwerfen, um ganz sicherzugehen (gibt's hier überhaupt welche? Ich bin überfragt ...).

Ob das vielleicht noch als Unfall durchginge? Grumpf, warum fallen uns nur Sachen ein, die an der Umsetzung scheitern oder uns für Jahre hinter Gitter bringen? Oder beides?

JÉRÔMES BLOG: FRANKREICH RANGEZOOMT (7) – PASCAL IM VISIER

Ihr Knalltüten, Ihr könnt es nicht lassen, was? Das ist meine letzte Warnung. Entweder Ihr hört auf mit dem Blödsinn oder ich mit dem Bloggen! Und das war's dann. Ende Gelände. Dann werdet Ihr nie erfahren, wie's weitergeht. Und so wie Ihr nach Neuigkeiten giert, könnte man meinen, Ihr seid die verliebten Deppen. Schon mal darüber nachgedacht?

Heute war Lisa wieder mit beim Segeln dabei. Es war bestimmt komisch für sie, Pascal wiederzusehen, aber sie hat sich tapfer geschlagen und ihn einfach ignoriert. Sie saß die meiste Zeit mit Anne vorne auf Deck, kann ja eh nicht viel machen, mit ihrem verknacksten Fuß. Anscheinend haben die beiden sich wieder vertragen, jedenfalls haben sie die Köpfe zusammengesteckt und sich über irgendwas beömmelt.

Irgendwann sind Mimi und ich zu ihnen, um ihnen Gesellschaft zu leisten (Kein Wort! Klar?!). Sie haben uns erst gar nicht kommen hören, weil sie so damit beschäftigt waren, irgendetwas in eine Kladde zu kritzeln. Das hat mich neugierig gemacht und ich hab ihnen über die Schulter geschielt.
Und: Es war eine lange Racheliste für Pascal!
Ihr hättet Mimi sehen sollen! Die war natürlich gleich Feuer und Flamme und hatte ebenfalls ein paar richtig schön hinterhältige Vorschläge, leider allesamt tödlich. Wir haben 'ne Weile herumgealbert, aber dann fragte Lisa plötzlich: »Wieso eigentlich nicht? Lasst uns einen gut durchdachten, heiß servierten und eiskalt genossenen Racheplan austüfteln. Zu viert fällt uns doch sicher was ein?!«
Also ich bin dabei!

Tag 8,
Die Schönen und das Biest – Kurz vorm Schlafengehen

Aussichten: rosig. Schadenfreude ist doch die schönste.

Wir machen es tatsächlich!!! Wir verpassen Pascal einen Denkzettel, den er so schnell nicht vergisst. Dank Jérôme und Mimi, die hatten nämlich die zündende Idee ... Also eigentlich war es Jérôme, aber Mimi hat die Steilvorlage geliefert.
Nachdem uns sämtliche fiese, aber leider auch genauso unrealisierbare Ideen ausgegangen waren, saßen wir erst mal ziemlich ratlos herum. Jérôme hatte seinen blonden Wuschelkopf auf der Suche nach etwas Brauchbarem schon total zerzauselt, leider ohne nennenswerten Erfolg.
»Blöd, dass wir nicht öfter mit der Kamera dabei waren, wenn Pascal seine Schmonzetten abgezogen hat«, seufzte Mimi da.
Bingo!
Jérôme sah auf: »Na klar! Wieso sind wir da

nicht schon früher draufgekommen? Es ist doch ganz einfach. Auch … wenn es ein bisschen Selbstüberwindung erfordert.«

Mit der Selbstüberwindung meinte er Anne und mich.

Aber abgesehen davon, ist Jérômes Plan wirklich gut.

Und so sieht er aus: Anne und ich bringen Pascal noch einmal dazu, sich mit uns auf dem Fliederhügel zu treffen und die gleiche Nummer abzuziehen wie beim ersten Mal – und Jérôme filmt das Ganze. Heimlich, natürlich.

Oje, ob Pascal es uns wirklich abnehmen wird, dass wir ihn alle beide immer noch unwiderstehlich finden, nachdem ich ihn mit Anne erwischt habe?

Mimi denkt ja, dass sich Pascal, so eingebildet wie er ist, sicher total geschmeichelt fühlt und immer noch meint, er könne uns ohne Weiteres wieder um den Finger wickeln. Hoffentlich hat sie recht …

JÉRÔMES BLOG: FRANKREICH RANGEZOOMT (8) – WIR FEUERN ZURÜCK

Wer hätte das gedacht! Die Mädels haben den Typen nicht nur dazu gebracht, sich einzeln mit ihnen zu treffen, sondern sind auch wild entschlossen, ihm richtig eins auszuwischen – Schmachtblick für Schmachtblick und Süßholzgeraspel für Süßholzgeraspel.

Vor allem Lisa hat sich ordentlich ins Zeug gelegt: Die Blicke, die sie Pascal heute beim Segeln zugeworfen hat ... Ganz schön ausgekocht! Immer wenn Pascal zu ihr herübersah, wandte sie schnell die Augen ab, seufzte dabei aber so sehnsüchtig, dass er einfach anbeißen musste. Und das tat er denn auch. Bei der nächstbesten Gelegenheit passte er Lisa ab – natürlich nicht ohne sich zu versichern, dass ihn sonst niemand hörte – setzte seinen dämlichen Dackelblick auf und fing an, sie zu bearbeiten. Und das Beste: Er hat ihr das Treffen selbst vorgeschlagen – damit sie sich »aussprechen« und das dumme Miss-

verständnis zwischen ihnen aus dem Weg räumen können.
Uarggh, da kommt einem doch echt das Frühstück hoch! (Danke der Nachfrage, meinem Magen geht's inzwischen wieder bestens.)
Einziger Lichtblick: dass er Lisa so leicht in die Falle getappt ist.
So, das war's fürs Erste. Ich muss langsam los, um mich und meine Kamera in Position zu bringen. Hundert Pro werden Lisa und Anne Pascal auflaufen lassen. Aber das wird er erst mitschneiden, wenn es schon viiieeeel zu spät ist. Fortsetzung folgt, Jérôme.

Tag 9,
auf dem Fliederhügel –
Lampenfieber

Aussichten: wechselhaft

Puh, bin ich aufgeregt! Gleich werde ich Pascal hier auf dem Fliederhügel treffen und mein Herz übt Salto. Nicht etwa, weil ich so scharf auf dieses Date wäre ... ganz im Gegenteil. Nix von wegen Vorfreude und im neunten oder zehnten Himmel schweben vor Glück. Ich will das nur hinter mich kriegen. Und ihn dran!!
Gut, dass Jérôme und Mimi neben mir im Gebüsch die Stellung halten – ich hab nämlich ganz schön Muffensausen!
Schon komisch: Pascal hat mich heute Morgen auf dem Boot exakt so angesehen wie bei unserer ersten Begegnung am Lagerfeuer. Nur dass es sich null und überhaupt nicht mehr so anfühlt. Kein Funkenflug, kein gar nichts.

Wie konnte ich nur auf diesen hohlköpfigen Möchtegern-Casanova reinfallen?
Eins steht jedenfalls fest: Knutschen is nicht!
Allein die Vorstellung, brrr!

JÉRÔMES BLOG:
FRANKREICH RANGEZOOMT (9) –
UND ... ACTION!

Ja, ich weiß, dass Ihr es nicht erwarten könnt, wie es weitergeht, aber he, ich kann nun mal nicht gleichzeitig Pascals Untergang ankurbeln und hier vor dem Laptop sitzen. Einer muss schließlich die Kamera halten. Außerdem schadet es Euch überhaupt nicht, ein bisschen auf die Folter gespannt zu werden. Das ist die gerechte Strafe für all die Lästerei der letzten Tage!
Aber ich sag Euch: Ihr habt was verpasst. Die Mädels waren unschlagbar und Pascal hat sich richtig tief reingeritten. Besser hätte es gar nicht laufen können.
Annes Verabredung mit Pascal kam zuerst (die Mädels hatten Streichhölzer gezogen, wer den Anfang machen muss). Mit einem Blick, der Bambi alle Ehre gemacht hätte, schmachtete sie Pascal an, gab sich gleichzeitig aber mächtig

verwirrt. Sie wisse gar nicht mehr, was sie denken solle. Lisa hätte ihr erzählt, dass er auch mit ihr hier gewesen sei ... Bevor sie ihren Satz beenden konnte, nahm Pascal ihre Hände in seine, schaute sie treuherzig an und tischte ihr eiskalt die dreisteste Lügengeschichte auf: Ja, er habe sich mit Lisa getroffen, aber nur um ihr klarzumachen, dass sie nur gute Freunde sein könnten. Sie habe sich anscheinend ein bisschen in ihn verknallt, und er wolle nicht, dass sie sich Hoffnungen mache. Denn er habe sich nun mal in Anne verguckt ... In diesem Moment schnaubte Mimi, die mit dem Richtmikro neben mir lag, verächtlich auf. Aus ihren Augen schossen kleine Blitze, und ich konnte

sie gerade noch davon abhalten, aus unserem Versteck zu preschen und Pascal an die Gurgel zu springen.
Aber irgendwas muss zu hören gewesen sein, denn Pascal fuhr erschrocken herum. Dabei war er gerade so schön dabei gewesen, seinen Arm um Annes Schulter zu legen und sie mit den üblichen Schmeicheleinheiten zu überschütten.
Mist!
Geistesgegenwärtig rettete Anne die Situation: »Nichts wie weg! Das ist bestimmt die Tardi!«, zischte sie Pascal panisch zu. »Die hat mich vorhin schon so argwöhnisch beäugt und mich ausgequetscht, wohin ich will.« Damit rannte sie den Hügel hinunter, als wär 'ne Horde Monster hinter ihr her. Pascal ihr nach. Ich sah Mimi vorwurfsvoll an – beinahe wären wir aufgeflogen –, aber Mimi zuckte nur mit den Schultern und meinte trocken, eigentlich hätte sie Anne doch einen Gefallen getan. Sich von Pascal knutschen lassen zu müssen sei doch die reinste Horrorvorstellung. Und irgendwie musste ich ihr recht geben.

Nur zwei Stunden später war dann Lisa dran. Und ungelogen: Pascal servierte ihr die gleiche Geschichte wie Anne, nur mit umgekehrten Vorzeichen: Anne habe sich wohl in ihn verguckt. Und als er ihr klarmachen wollte, dass da nichts laufen würde, habe sie einfach die Arme um seinen Hals geschlungen, ihn zu sich runtergezogen und ihn geküsst, bevor er wusste, wie ihm geschah. Das hätte er doch sonst nie zugelassen. Das müsse Lisa doch wissen. Sie sei doch seine Sternschnuppe. Dabei sah er ihr so tief in die Augen und legte einen Arm um sie, dass ich ihm am liebsten ... hab ich natürlich nicht.

Aber ganz ehrlich, als er Lisa zu sich ranzog, um sie zu küssen, dachte ich für einen kurzen Augenblick, sie würde sich von ihm einwickeln lassen – aber dann, kurz bevor Pascal seine Sabberlippen auf ihre pressen konnte, lenkte Lisa ab: »Da! Da war wieder eine Sternschnuppe. Wie bei unserem ersten Date. Weißt du noch?«

»Naturellement!«, schnurrte Pascal. »Das ist ein Zeichen. Dass wir zusammenge'ören ...«

Börgghh!

Lisa nickte und reihte ein Weißt-du-noch an das nächste. Gut, dass ich mich nicht auf ihn gestürzt hatte, sondern schön mit der Kamera draufhielt. Pascal wurde nicht mal misstrauisch. Er war nur zu gerne bereit, Lisa den altbekannten Sermon ins Ohr zu flüstern, heilfroh, dass sie den

Köder geschluckt hatte. Ohne zu ahnen, dass es eigentlich genau andersherum war.
So kann's gehen.
Die Mädels haben ihn genau da, wo sie ihn wollten. Und ich hab's auf Band. Alles zu erkennen und alles zu hören.
Die erste Schlacht unseres Rachefeldzugs ist geschlagen. Morgen gibt's mehr. Jérôme.

Tag 10,
Ein moralisches Dilemma

Aussichten: veränderlich

Bin ich froh, dass ich DAS hinter mir habe!
Mit Pascal allein zu sein war alles andere als spaßig. Er hat doch tatsächlich geglaubt, er müsste mir nur ein paar Nettigkeiten ins Ohr säuseln und mich mit seinem honigsüßen Lächeln anlächeln und schon wäre ich wieder weichgeklopft. Da hat er sich aber geschnitten!
Es hat mich ganz schön Überwindung gekostet, ihm nicht den Hals umzudrehen – der Typ ist so klebrig, dass es schon Fäden zieht. Der wollte mich doch tatsächlich küssen!!! Igitt!
Das konnte ich aber gerade noch verhindern.
Was mich allerdings interessieren würde – warum ist er eigentlich so versessen darauf, mich wieder rumzukriegen? Immerhin hindert ihn das nicht daran, weiter auf Beutefang zu gehen. Macht der etwa eine Strichliste? Und wenn – ob er da wohl nach einem bestimmten Muster vorgeht? Haarfarbe, Schönheitsgrad,

Größe oder Alphabet? Nein, das kann nicht sein, denn dann hätte er Anne vor mir abhaken müssen und Françoise auch: Aber die hat Pascal erst vorhin gefragt, ob sie sich mit ihm treffen will. Heute Abend, natürlich oben auf dem Fliederhügel. Tja, ist ja klar, was ihr da blüht.
Als ich Anne davon erzählt habe, war sie sofort hellauf begeistert und wollte schon Jérôme aktivieren – immerhin ist das die Gelegenheit, Pascal bei einem weiteren Schäferstündchen nach Schema F auf Film zu bannen. Aber ob das Françoise auch so lustig finden würde? Sollten wir sie nicht fairerweise vorwarnen?
Und, ganz ehrlich, irgendwie hab ich kein gutes Gefühl bei der Sache. Das Video vor allen vorzuführen – und damit auch Pascal ... Ist das nicht ziemlich mies? Klar, nicht annähernd so mies wie das, was er macht, aber nicht doch ein bisschen? Sollte er nicht wenigstens die Chance bekommen, das selbst zu klären? Denn eins ist sicher: Wenn wir den Film zeigen, verliert er seinen Job. Und er ist drauf angewiesen, das hat er zumindest erzählt. Was, wenn das stimmt? Nur ausnahmsweise? Vielleicht sollte ich doch mal mit ihm reden ...

Tag 11,
Jetzt erst recht!

Ich hab mit ihm geredet. Oh ja! Ich bin zu ihm gegangen und hab ihn vor die Wahl gestellt. Entweder er hört auf mit seinem Spielchen und sagt den Mädels, was Sache ist, oder ich mache es. Und er? Er hat mich einfach ausgelacht. Ob ich mir wirklich einbilde, dass ich ihm damit Angst machen könnte? Mich als eifersüchtiges Mauerblümchen hinzustellen, das sich nur rächen will, weil er sie nicht anguckt, sei wirklich seine leichteste Übung. Damit ließ er mich stehen.

So! Der hatte seine Chance. Und die hat er komplett vermasselt. Selber schuld. Heute Abend auf der großen Abschlussparty ist er dran. Das wird ein Fest ... Ha!

Auch Françoise war mir da egal! Fast zumindest. Aber das klärte sich dann quasi wie von selbst – durch Mimi nämlich. Und wir haben trotzdem eine wunderschöne Aufnahme von Pascal, wie er wieder mal die gleiche Show abzieht. Das

entschädigt mich für alles. Na ja, das UND Jérôme. Ja, Jérôme!
Obwohl wir eine halbe Ewigkeit im Gestrüpp ausharren mussten, ehe wir Pascal vors Visier bekamen, war's überhaupt nicht langweilig. Nicht die Bohne. Jérôme hat sogar verstanden, dass ich bei der ganzen Sache auch irgendwie ein schlechtes Gewissen habe. Was ich allerdings *nicht* verstehe, ist, dass er Pascal doch tatsächlich ein bisschen beneidet. Weil der so gut ankommt. Ausgerechnet! Ja okay, Pascal kann ziemlich gut flirten und schlecht aussehen tut er auch nicht. Auf den ersten Blick zumindest. Aber auf den zweiten? Da finde ich Jérôme, so wie er ist, und ganz besonders wenn er lacht, um Meilen süßer als Pascal. Oh nein!!! Hab *ich* das eben geschrieben? Was ist passiert? Steh ich etwa seit Neuestem auf film- und computerbegeisterte Wuschelköpfe???

JÉRÔMES BLOG: FRANKREICH RANGEZOOMT (10) – AND THE OSCAR® GOES TO …

So, Film geschnitten, Ton perfekt, Sophie und Françoise eingeweiht und mit von der Partie. Es kann losgehen.
Aber bevor ich mich zur Party verabschiede, muss ich euch noch kurz von Mimis schauspielerischer Glanzleistung berichten. Sie hat es nicht nur geschafft, Françoise vom Knutschen mit Pascal abzuhalten, sondern ihr auch ganz nebenbei vorgeführt, was für ein Idiot dieser Typ ist (ähm, mehr oder weniger nebenbei …). Und das alles hab ich auf Video!
Kaum war Pascal mit Françoise auf dem Hügel, begann er auch schon, das übliche Programm abzuspulen: tiefe Blicke, die herzerweichende Geschichte über seine Mutter bei Sonnenuntergang, die zufällige Umarmung, dann die Küsse. Theoretisch zumindest, praktisch sah es diesmal ein wenig anders aus. Denn bevor es zum Aus-

tausch von ... ihr wisst schon kam, tauchte Mimi auf, marschierte mit wild entschlossenem Gesichtsausdruck auf die beiden zu, stemmte anklagend ihre Fäuste in die Hüften und legte eine oscarreife Szene hin: »Das glaub ich jetzt nicht! Wie kannst du nur? Gestern noch hast du mir gesagt, meine Haare leuchten wie der Sonnenuntergang und riechen besser als dieses Fliederzeugs, von dem ich immer niesen muss. Und heute?«
»Wwwas?«, stotterte Pascal, der gar nicht wusste, wie ihm geschah, doch Mimi, die kleine Furie, gönnte ihm keine Pause: »Hast du mir etwa nicht tausend Zärtlichkeiten ins Ohr geflüstert, geschworen, dich hätte noch nie jemand so gut verstanden? Oh, und wie du mich geküsst hast ...«
»'ab isch nischt!«, antwortete Pascal verzweifelt und wandte sich flehend an Françoise, die ihn inzwischen mehr als skeptisch beäugte. Doch sosehr Pascal auch beteuerte, nie was mit Mimi gehabt zu haben – was in dem Fall ja sogar stimmt –, Françoise glaubte ihm kein einziges Wort mehr. Ironie des Schicksals nennt man das wohl.
»Vergiss es«, fauchte sie, drehte sich um und stürmte den Hügel hinunter. Pascal versuchte, sie aufzuhalten, doch umsonst.

»Dumm gelaufen, was?«, rief Mimi ihm grinsend nach – und entfloh kichernd.
Oh Mann, Lisa und ich mussten das aushalten, ohne einen Mucks von uns zu geben! Lisa liefen Lachtränen übers Gesicht. Ohne Quatsch. Sogar die Aufnahmen sind ein bisschen verwackelt. Wir feixten noch Stunden später vor uns hin.
Überhaupt können Lisa und ich über dieselben Dinge lachen, das ist toll. Es macht so viel Spaß mit Lisa – und versteht das gefälligst nicht falsch – oder ... vielleicht kann man das nur richtig verstehen ... Wie auch immer: keine Zeit mehr,
Jérôme

Tag 11,
sehr, sehr spät bzw. Tag 12
sehr, sehr früh – Ha, gewonnen!

Aussichten: der wunderschönste Sommer überhaupt!

Unser Film ist eingeschlagen wie ein Kugelblitz! Er war der absolute Höhepunkt des Abends. Das meinten zumindest alle. Na ja, fast. Aus meiner Sicht sieht das ganz anders aus. Für mich wurde der Abend nämlich noch viel, viel schöner. Aber dazu komme ich noch.

Bevor das Fest losging, waren wir höllisch aufgeregt. Die Stunden krochen nur so dahin. Dann war es endlich so weit: Ein riesiges Lagerfeuer wurde entfacht, es gab Würstchen und Backkartoffeln (von denen ich keinen Bissen runterbekam), und die verschiedenen Workshops präsentierten ihre Ergebnisse – und dann schmiss Jérôme den Beamer an. Und von jetzt auf gleich war der Grad meiner Aufregung nicht mehr messbar. Auf keiner Skala der Welt. Ich saß da und starrte gebannt auf die Leinwand,

über die der Titel flackerte: *Schmalspur-Casanova auf Fischzug.*
Zuerst sah man die Crew am ersten Tag: alle noch guter Dinge, wenn auch mit den Widrigkeiten der Segelgrundlagen kämpfend. Dann Pascal, wie er jedem Mädchen einzeln Luv und Lee erklärte (ich wusste gar nicht, dass Jérôme das aufgenommen hatte).
Es folgten der erste Tag auf See und die schmachtenden Blicke der Mädchen Pascal hinterher – und die missgünstigen untereinander. Oje!
Dann ein paar Interviews mit haarigen Kommentaren zu Pascal und vor allem zur Konkurrenz. Zum Glück hatte Jérôme Gnade walten lassen, bevor sich irgendwer so richtig blamierte (mich eingeschlossen. Schließlich reichte es ja, dass ich gleich zu sehen war, wie ich mich von Pascal bezirzen ließ – in Großaufnahme.)

Auftritt Pascal auf dem Fliederhügel. Unterlegt mit hochdramatischer Musik. Vereinzeltes Kichern. Ich schielte zu Pascal hinüber. Ahnte er was? Scheinbar nicht, noch wirkte er relativ gelassen. Aber dann kamen die zusammenmontierten Aufnahmen von Pascals Flirtattacken. Atemlose Stille herrschte, als Pascal bis auf winzige Abweichungen immer

wieder die gleichen Flüsterworte in unsere Ohren schnurrte, die tränenrührige Geschichte seiner verschollenen Mutter erzählte. Um dann in einer einzigen einstudierten Bewegung seinen Arm um die Schultern jeder Einzelnen zu legen – und seine Lippen auf die ihren. Bei der Stelle, als Pascal seine Dreistigkeit auf die Spitze trieb und Anne und mir versicherte, alles sei nur ein dummes Missverständnis, ging ein Raunen durch die Menge.
Mimi hatte mit ihrem spektakulären Auftritt dann die Lacher wieder auf ihrer Seite. Trommelwirbel.

Dann war der Film zu Ende.
Stille.
Bis die gemütliche Köchin des Camps das Schweigen brach: »Aber seine Mutter lebt doch noch. Ihr gehört die Bäckerei im Nachbarort!«
Ein Grinsen breitete sich auf ihrem Gesicht aus: »Und wenn die in ihrem Leben jemals bei einer Segelregatta war, fress ich einen Besen. Und die Putzfrau gleich dazu. So träge, wie sie ist, wäre das Rennen vorbei, bevor sie die Leinen losgemacht hat!«
Alles lachte und die Spannung löste sich.
»Seinen Job ist Pascal jedenfalls los. Hier braucht er sich nicht mehr blicken zu lassen«, meinte Madame Tardi abschließend und sah sich nach dem Missetäter um. Doch der hatte sich in der Zwischenzeit klammheimlich verkrümelt.
»Macht nichts«, rief Sophie da übermütig, »er ist eh ein schlechter Küsser!«
Erneutes Gelächter. Und dann wurden wir von allen Seiten umringt und beglückwünscht.
»Wer von euch ist denn auf die abgefahrene Idee gekommen?«
»Wir alle eigentlich«, grinste Anne.
»Und ganz besonders Mimi«, lachte Jérôme.
Und dann stellte er die Musik an. Es wurde

getanzt, gehüpft, gequatscht und gefuttert. Und endlich, endlich bekam auch ich etwas runter. Kunststück, wenn einem alles häppchenweise von dem schnuffeligsten Kerl des Universums serviert wird. Jérôme nämlich. Mit ihm teilte ich mir eine Lagerfeuerkartoffel und dann haben wir ein bisschen getanzt, dann wieder eine Lagerfeuerkartoffel. Seine Arme passen so gut um meine Schultern, als gehörten sie dahin. Und all das fühlte sich richtig gut an und richtig richtig. Herzklopfen inklusive!!!

JÉRÔMES BLOG: FRANKREICH RANGEZOOMT (11) – LETZTE MELDUNG VOR DER ABREISE. KÜSSEN UND ANDERE ERNSTE ANGELEGENHEITEN

So Jungs! Dann lasst uns jetzt mal übers Küssen reden. Damit Ihr auch Bescheid wisst: Küssen ist nämlich wichtig.
Ich erklär Euch mal, warum und was es da für Unterschiede gibt.
Ja, ich weiß, Ihr denkt wahrscheinlich: »Ihhh, scheußlich«, aber dann kann ich Euch nur sagen: Entweder Ihr habt überhaupt keine Ahnung oder müsst ganz dringend üben oder, das Wahrscheinlichste, Ihr habt 'nen Frosch erwischt statt 'ner Prinzessin oder eines Prinzen. Das stellt man nämlich leider nicht immer gleich fest. Jedenfalls nicht beim ersten Mal. Siehe Pascal.
Aber wenn Ihr diejenige erwischt, die Ihr wirklich mögt, und sie Euch auch, dann merkt Ihr es. Lasst es Euch von einer gesagt sein, die es wissen

muss – bei mir und Jérôme war es jedenfalls so. Tja, und falls Ihr Euch wundert, hier ist natürlich Lisa. Ich hab heute mal das Bloggen übernommen. Aber jetzt muss ich mich leider auch schon wieder verabschieden, denn gleich geht's nach Hause. Die Ferien sind vorbei. Hier zumindest. Auf Jérôme und mich wartet allerdings noch ein langer, langer Sommer. Ein Jérôme-und-Lisa-Sommer. Und viele, viele Küsse. Und wenn wir zwischendurch eine Pause machen, melden wir uns wieder!! Bis bald. Eure Lisa

Chaos, Jungs und erste Küsse!

Emanuela Da Ros
VIERMAL VERLIEBT
Tagebuch einer Chaotin
Aus dem Italienischen
von Ingrid Ickler
144 Seiten
ISBN 978-3-8432-0018-9

Vera ist total verknallt. Und zwar in Frederik, den süßesten Jungen der ganzen Schule! Doch leider will Frederik nichts von ihr wissen. Kein Wunder, Vera stellt sich auch verdammt ungeschickt an, um ihren Traumtypen auf sich aufmerksam zu machen. Gut, dass es ihr Tagebuch gibt, dem Vera alles anvertrauen kann …

Das Tagebuch einer echten Chaotin – unwiderstehlich leicht und spritzig geschrieben!

Baumhaus Taschenbuch

Liebeschaos im Sommerurlaub

Claire Singer
KARLOTTA
VERZETTELT SICH
112 Seiten
Mit farbigen Abbildungen
ISBN 978-3-8432-0012-7

Endlich Sommer! Gemeinsam mit ihrem chaotischen Vater macht Karlotta Urlaub auf einem italienischen Campingplatz und landet gleich neben dem Wohnwagen von Familie Stempfhuber und ihrer nervigen Tochter Patrizia. Da tauchen plötzlich geheimnisvolle Zettelbotschaften auf und bringen Karlotta auf eine verrückte Idee: Warum soll sie nicht ein bisschen Schicksal spielen und Patrizia an der Nase herumführen? Karlotta wird zur Zettelkönigin, vertauscht und schreibt und stellt am Ende fest, dass sie sich dabei gehörig verzettelt hat …

Mit echten Briefchen zum Aufklappen im Innenteil!

Es gibt nur einen Amor, der für Chaos sorgt …

Rhonda Stapleton
VERFLIXT, DIESE LIEBE
Aus dem amerikanischen Englisch von Johanna Ellsworth
240 Seiten
ISBN 978-3-8432-0025-7

Felicity braucht einen Nebenjob – und warum sollte sie da nicht für eine Dating-Agentur arbeiten, die junge Mädchen sucht? Doch schnell stellt sich heraus, dass sie ihre eigenen Mitschüler verkuppeln soll – und zwar nicht durch Taktik, sondern mithilfe von E-Mails, die wie Amors Pfeile funktionieren. Die Liebeszauber von Amor sind nämlich noch lange nicht verschwunden. Der Nachteil: So ein Zauber hält nur zwei Wochen an, danach zeigt sich erst, ob es wahre Liebe ist. Ob das gut geht? Auf jeden Fall ist Chaos vorprogrammiert …

Die Liebesgöttin auf neuer Mission

Rhonda Stapleton
VERFLIXT, DIESE FLIRTS
Band 2
Aus dem amerikanischen
Englisch von
Johanna Ellsworth
224 Seiten
ISBN 978-3-8432-0050-9

Felicitiy ist die totale Romantikern. Das ist auch der Grund, weshalb sie in ihrem Job als Liebesgöttin mehr ihrem Herzen folgt, als den Regeln. Aber als Felicitiy ihren Liebespfeil-Zauber auf ihre beste Freundin Andy richtet, ist diese so fern der Welt, dass sie alles andere um sich herum vergisst. Und dann verkuppelt Felicity auch noch ihren Schwarm Derek mit der gesamten Schule …
Wie soll sie aus diesem Schlamassel wieder rauskommen?

Baumhaus Taschenbuch